U0600403

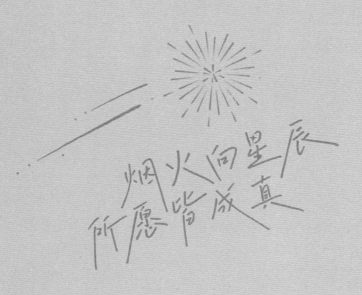

一烟火向星辰
所愿皆成真

林特特　著

江苏凤凰文艺出版社
JIANGSU PHOENIX LITERATURE AND
ART PUBLISHING

图书在版编目（CIP）数据

烟火向星辰，所愿皆成真 / 林特特著. -- 南京：
江苏凤凰文艺出版社, 2023.11
ISBN 978-7-5594-7850-4

Ⅰ.①烟… Ⅱ.①林… Ⅲ.①散文集 - 中国 - 当代
Ⅳ.①I267

中国版本图书馆CIP数据核字(2023)第120142号

烟火向星辰，所愿皆成真

林特特　著

责任编辑	张　倩	
特约编辑	刘文文　赵亚特	
封面设计	所以设计馆	
版式设计	姜　楠	
出版发行	江苏凤凰文艺出版社	
	南京市中央路 165 号，邮编：210009	
网　　址	http://www.jswenyi.com	
印　　刷	唐山富达印务有限公司	
开　　本	880 毫米 × 1230 毫米　1/32	
印　　张	8.25	
字　　数	170 千字	
版　　次	2023 年 11 月第 1 版	
印　　次	2023 年 11 月第 1 次印刷	
书　　号	ISBN 978-7-5594-7850-4	
定　　价	56.00 元	

江苏凤凰文艺版图书凡印刷、装订错误，可向出版社调换，联系电话025-83280257

给我一罐巧克力糖 /080

幸福感来自沉迷 /087

远离让你感到自卑的人 /093

一个人怎么过年 /098

幽默给普通的我带来了什么 /103

第三章　白马不会在黑夜抵达

白马不会在黑夜抵达 /112

故事就是自然分泌 /119

生日发布会 /126

如何与孩子联合办公？ /133

找到『龙』 /140

片刻逃离 /146

你被朋友背叛过吗？ /152

如何做一份合理的新年计划？ /157

什么样的礼物最受欢迎？ /163

当我减肥时，拿什么对抗饭局？ /168

第四章　追梦人

琳琳的副业地图 /176

圈子不同，如何相融 /183

还没出场，就已出局 /190

追梦人 /195

一条群消息引发的风波 /203

如果想认识一个高不可攀的人 /209

直播时代 /215

看不见的熟人 /219

计步惊心 /223

离婚不可怕，没钱才可怕 /228

关键时刻 /234

道听途说的爱情 /240

突然长大 /248

多年后，当你遇到曾暗恋的人 /251

目录

第一章 每一个吃饱了撑的日子都值得纪念

每个人都有一个第二故乡 /002

用清单解决乡愁 /010

那一年，你在哪里，做什么？ /018

每一个吃饱了撑的日子都值得纪念 /025

关于父亲的五件事 /034

手机里最舍不得删的照片 /037

那些串儿 /041

我写的每个人都与她有关 /044

姥姥家 /048

小天使 /057

开学第一课 /063

第二章 别把时间浪费在情绪上

别把时间浪费在情绪上 /070

坏脾气妞进化记 /075

每一个吃饱了撑的日子都值得纪念

都说月是故乡明，
可我想以后在满月夜时，
我只会想到它。
这城市到处是成长的痕迹，
随手拈起一个意象都能串起我的、我们的青春。

每个人都有一个第二故乡

几个星期前，我参加完一个饭局，走出门，迎面撞上一轮满月。

我在心里默默计算了下日子，这天，是我的阴历生日。默默计算的，还有一个数字，我在这个城市看过的满月数——

我来北京整整十四年了，很快，要搬去上海。

算完月亮，借着酒意，我哭了。我发现，我甚至不记得在别的什么地方有过印象深刻的月圆之夜，北京已成为我的第二故乡，是我的一部分。

1

我在北京的第一站是中国人民大学。

2003 年，我来北京读研。

在此之前，我本科毕业后在家乡工作过两年。北京是我主动选择的结果，是我在嘈杂的办公室，越过如山的文案，从窗户往外望，最向往的远方。

非典疫情前面试，秋天入学。

入学第二天就是中秋节，我所在的清史研究所给新生们发了月饼。短暂的联欢后，我和同学们拎着月饼，在校园闲逛——

教学楼满壁的爬山虎、图书馆前旖旎的樱花树、操场上年轻的身影……

雀跃、新鲜。

我们在体育馆附近找到一块大石头，表面平滑，接地处有苔痕，毛茸茸的。

把月饼放在膝上，人坐在石头上，看又大又圆的月亮；远处有吉他声，不知是哪位男孩在弹给哪位女孩听。

毕业前的最后一个月圆，我和最好的朋友也躺在这石头上。

我们从黄昏聊到夜深，看天色从湖蓝变成墨蓝。

后来，酒意渐浓，不知不觉中睡着了。醒来，天像丝绒般可亲，星星压迫面孔，四周虫鸣，裙角被露水打湿，裸露在外的皮肤有些凉。

那真是美好的回忆。

2

两年后，男朋友劝我一定要买北五环的房子，费了很多口舌。

他从性价比到面积到我们能承受的经济压力，摆事实、讲道理。

可我觉得路远，交通不便，各种打岔。

直至他使出撒手锏——

"阳台有二十平方米噢，我们可以做成玻璃房，在玻璃房里看月亮。"

他那神往的样子，让我妥协。

我们就在这房子里结了婚，它成为我在北京的第一个家。

迁入新居的那天，按老公老家的风俗，我拿着一把裹着红布的扫把，像一个神气活现的女巫，进了门。

清理、整顿、添置，让家变得像家。

我们真的做了玻璃房，买了烤架，请同事、朋友来家里暖房。

炭熏黑了脸，但自己亲手穿的肉串、鸡翅、鱿鱼味道极好。月亮又大又圆，啤酒瓶靠墙角，摆成一排，酒至半酣，有人站起来，一把抄起立式台灯的架子，跳起了钢管舞。

我的孩子也在那个家里出生。

2013年春节，他半岁，在玻璃房中看屋外的漫天烟花，兴奋得嗷嗷叫。

他会说话时，我教他背诗，"云破月来花弄影"，给他说貂蝉拜月的故事。一天，我发现他跪在窗户边，双手合十学貂蝉，对藏在云间的月亮说："求求你，快出来吧。"

3

我在北京换过好几份工作，但一直围着朝阳门、安定门、东直门转。

光华路、长安街、东四大街、朝阳门内外大街，是我最熟悉的北京。

我闭着眼，在脑海里都能排出这几处每一栋著名的建筑。它们每一次改头换面，我都历历在目。

还记得刚工作时，招待客户。一桌子上，只有我是新人，手脚都不知道往哪里搁。很紧张，怕说错话，喝了酒就更怕。于是，趁上洗手间的时候，我用手抠喉咙，把酒吐出来，以保持清醒。

那天，在簋街，灯笼红成汪洋。

二月的满月，冷峻，遥远，挂在树梢，我拿手机拍，发现只能拍出一个光点。

在安定门附近上班时，我每天中午都去地坛遛弯。

秋天，是地坛最美的季节，满园银杏，满目金黄，鸽子也分外热情，会跳到你脚边，主动找你喂食。

有一年秋天，一日通宵加班，我在办公室待到清晨才离开。路过地坛西门，公园还没开门，金黄的树丫把眼前的天分割成几块，太阳和月亮在交班，月亮浅得像扣子在粉堆上留下的圆印。

4

我带着酒意，在上一个满月夜，在新一岁的晚上，坐车回家。

车窗外灯光流淌，朦胧中，我看每一个路人都像我。

他们行色匆匆，表情各异。

他们背着包，拿着手机，取款、付账、买东西；抬头看天，经过草地，被路边雕像吸引注意力；被喷泉弄湿，想拍满月，却只拍成光点；他们吃五喝六，狂欢聚会；他们抱着文件，喊着"让让让让"冲向地铁。

他们中有学生，有年轻孕妇，有中年人。有的在咖啡厅，用肢体语言表示信或不信，有的在挥手告别，有的在门口迎接，有的在谦虚"哪里，哪里"，有的在问候"幸会，幸会"。

他们都是我，分裂的、不同时态的在北京的我，像过客的我。

我原以为我会在这座城市终老，但没想到缘分有始终，虽然在心里准备了好几个月，但真的要离开，仍满怀愁绪。

都说月是故乡明，可我想以后在满月夜时，我只会想到它。

这城市到处是成长的痕迹，随手拈起一个意象都能串起我的、我们的青春。

晚上十点多了，长安街上还在堵。

"北京，你不是我的故乡，离开你，却觉得背井离乡。"

这句话忽然蹦出，像标语横在眼前。我掏出手机，记在备忘录上，窗外的光点真大，就着它，我写下这首歌，为北京，为每个成年人都有的第二故乡——

你是我青春的远方

你是我后来的故乡

你是我的流浪所

你是我的安全港

你是我度过的三千个日夜

你是我看过的一百轮满月

你是地坛银杏铺面黄

你是百花深处静默巷

你是雍和岸边两堤柳

你是故宫雪晴回到北平

你是圆明园夏天

小船挤过荷花叶子下的波

你是从 798 到芳草地巡回展览的兽像

你是二锅头

你是羊蝎子

你是甜面酱

你是茴香

你是五环外的星光

你是 CBD 蓝色的玻璃窗

你是每间咖啡厅的每个下午

耳边飘过的

几个亿

你是每列地铁的每节车厢

捧着书读的姑娘

你不是故乡

离开你

却觉得背井离乡

你是我青春的远方

你是我远方的青春

再见，北京

用清单解决乡愁

1

搬进上海新家的第一天，我梦见了北京地铁。

梦中，我还是二十多岁，穿一件白色羽绒服，把双肩包放在胸前，在上下班汹涌的人潮中，抓紧肩带，艰难挪移脚步。

醒来后，我哭了。

我先后在三个城市长居过。

我是安徽合肥人，在安庆上大学，回合肥工作两年，又去北京读研究生。此后，在北京一待就是十五年。

几乎我所经历的离别，都要花很长时间平复心情。

大学才毕业时，我看见一片水，都会想起安庆的菱湖、莲湖。

刚到北京，在公交车上，但凡听见有人说一句家乡话，我就会凑过去套近乎；每一次蒸香肠、炒咸肉，闻见、尝到合肥的味道，我总会一千遍地问自己，为什么要北上？

没想到，人到中年，还要举家迁到上海；没想到，我对北京又生出乡愁。

接下来的一个月，我的心情一直低落。除非必要，几乎足不出户，我对新环境、新城市没有接触、熟悉的冲动。

我也不想结交新朋友，而梦不断重复。梦里，我总在北京的地铁赶路。一日，梦中我终于从地铁口走出来，拨开人群，我清晰地看见，面前的路牌上写着"光华路"。

电光石火间，光华路的商场、写字楼、饭店、小区、超市、红绿灯、拐弯处，劈面而来……

我醒了，被它们砸得很痛。

那天，冷静下来，我认真地思考所谓乡愁。

是啊，念旧不是一件坏事，但念旧已经耽误了我的正事。

何为正事呢？是要用平静的心去度过的每一天，是开开心心、清清爽爽的日子。

是啊，十多年前的我，角色单一，闲暇大把，经验有限，能力不足，从一个城市去另一个城市，不适应、发愁，把时间浪费在负面情绪上，情有可原。但今天不能，我要自救。

我找了一张白纸画图，就画梦中的光华路。

我对着一条路列清单，列我究竟在思念什么，思念的能否在另一个城市复刻。

2

光华路是一条直路。

我住在光华路时，经这条直路去上班，家和单位在一条路上。

沿途，我会经过日坛公园，午休时，我也会去那儿散步。

光华路附近还有朝阳公园、团结湖公园。周末，我家小朋友最喜欢的户外运动就是去划船。

我们小区有一所大型健身会馆；对面大学的操场每天傍晚五点到晚八点对外开放。塑胶跑道上，孩子们嬉闹，学生们欢笑，老人们打太极，中青年人健步如飞，我也在其中。

大学旁有一间茶馆，北欧情调，暗香浮动。全职写作后，我一周总有几天在那里写稿、会客，平均一天能写两千字。最常会的客，是最亲密的四个朋友，两位是发小，两位是前同事。除此之外，就是业务往来的各项目负责人，同时开展的项目通常是三个。

光华路上，符合我口味的餐厅有五家，一家湘菜，一家日料，一家自助餐，一家老北京涮肉，还有一家以卖比萨为主的意大利餐厅。

一周，我总有一两天在它们中的一两家就餐，有家庭小聚，有朋友相会，有业务往来的便餐。对了，五人以上，半夜才散的饭局一个季度总有那么一回。

这样的饭局，不在光华路，在北京的各个角落，我从光华路出发总要一个小时才能到达。它们大多是我和文字交的聚会，不醉不归。

从光华路出发——

如果看病，距离三四公里内的医院有三家。

如果购物，我常去的商场也有三处。两处就在对面马路，另一处要坐四站地铁，地铁就连着商场，我在这些商场的电影院里观看过不下百部电影。

孩子的学校、各类兴趣班、一去再去的三个游乐园，步行或车程均在二十分钟内。

如果外地来客，我会沿固定线路带他们去游玩，故宫、国博、首都博物馆、后海的胡同。

如果时间充裕，往远，去爬一爬香山，看一看植物园花展；往近，查一查798有什么新展览，人艺或先锋剧场又演出了什么新剧目。

……

其实，所谓生活秩序，还原一下，不过就是一张清单、一些数字。

我在我画的直路旁，列着——

一个大学操场、一个健身房、一间茶馆。

两个剧院。

三家商场、三家医院、三个公园、三个游乐园、三个同时进行的项目。

四个知根知底的朋友。

五家符合口味的餐厅。

七个烂熟于心的景点。

一个季度一次的酒局。

每天两千字。

是它们构成了我的安全感、归属感，是我悠然自得的旧生活。

3

从那天起，我开始打开大众点评，搜索离我最近的湘菜、日料、自助餐、涮肉、比萨，决定一周起码试吃一家。

什么是复刻？

就是光华路的自助，在一家五星级酒店里，我来上海后，就去新家附近寻找类似的餐厅。

光华路的意大利比萨，很符合小朋友的口味，到上海后，我就带着小朋友一家家吃过去，最终锁定他最中意的。

再搜公园，一个公园一个公园地用脚丈量。

原来，离我五百米处的 A 公园，小而精致；离我一千五百米处的 B 公园，花木扶疏；离我三千米处的 C 公园，可以划船；我还发现了 D 公园，有海洋世界，海洋世界的白海豚像冲着一家商场微笑，而那家商场和我在北京常去的商场是连锁经营的。

再翻一翻所有衣服鞋帽的商标，搜索我最忠诚的品牌们都在哪些商场。去光顾，去看电影，去体验儿童游乐园。

在小区门口的健身房办卡。

把上海排名前二十的咖啡厅、茶馆、书店都体验一遍，锁定个人感觉最佳的五扇窗户、五张桌子，在每一张桌子上试试能写多少字。有一天写了八千，一抬头，艳阳变成落日。

找到三家各有所长的医院，找到向社会开放的大学操场，意外地发现没有时间限制。

借亲戚来访，制订三日游计划，把景点们一个个踩遍、熟识，争取下一次像导游一样脱口而出解说词。

订阅最文艺的公众号，掌握最新的演出、展览消息，争取对文艺地标们像段誉对茶花似的如数家珍。

和最亲密的四个朋友每天在线上交换笑话。

把正在做的工作控制在三项左右。

加入各种校友群，组织各种聚会，将散落在这个城市不同阶段的所有故人、同好、同行召集在一起，分门别类来往。

每周出去见一次客，无论为了工作，还是吐槽。

一个季度去城市的一个角落和文字交喝一次酒，说一说从业心得。

……

还是：

一个大学操场、一个健身房、一间茶馆。

两个剧院。

三家商场、三家医院、三个公园、三个游乐园、三个项目。

四个知根知底的朋友。

五家符合口味的餐厅。

七个烂熟于心的景点。

一个季度一次的酒局。

每天两千字。

当我按照清单，在新环境、新城市复刻旧生活，在两公里内可以完成大部分事时，我发现，我过上了和过去没什么差别的日子。

4

我把微信签名档改成"四海为家，随遇而安"。

我想，在移动网络的年代，随遇而安是一种最实惠的能力。

人要多了解自己，才能满足自己；人要多清楚生活秩序具体是什么，才能时刻重建生活秩序。

此心安处是吾乡。

既然选择了终生都是异乡人，安这件事，就只能自给自足。

那一年，你在哪里，做什么？

1

几天前，我回老家，和表弟相约去看奶奶。

奶奶八十八岁了，耳聪目明，思路清晰；除了路走多了需要坐会儿轮椅，在这个年龄段的人群中，她算得上是健康标兵。

那天，风和日丽，窗外蓝天白云，我和奶奶坐在沙发上，对着电视。

我们聊天气，聊电视节目，聊我的近况、她的身体；又聊了聊所有熟人的近况，所有亲人的身体，一个小时后，发现没话说了。

也是，我们的年龄差距太大，世界完全不同。她感兴趣的，我没有感觉；我关注的，她完全不懂。剩下来的时间，奶奶用她的手一遍遍摩挲着我的手。至于表弟，身为理工男的他，进门打了招呼，表示对奶奶的关心，又亲手为奶奶剥了一个橘子，并把橘子瓣儿一瓣瓣塞进奶奶的嘴里。之后，他就坐在沙发的另一侧，听我们说话，听着听着，就开始玩手机了。

于是，我第一千零一次地问奶奶一个问题："1949 年，你多大？在哪里，做什么？"

"啊，1949 年啊，我十八岁。"奶奶摩挲我手的力度加大了，"那年，我还在利辛，在一户姓张的人家做童养媳。"

奶奶腾出一只手，捋她的白发；少顷，她把刘海全部拨到耳后，两只耳朵露出来，满是皱纹的额头也露了出来。显然，她陷入了回忆。

"什么？利辛？姓张的人家？童养媳？"表弟忽然出声，这几个关键词吸引了他。我们交换一下眼神，我在他的眼里读到了好奇、困惑，和我第一次听说它们时一样。

"是啊，利辛。"奶奶放开我的手，喃喃重复。

这时的她，已不是和孙子孙女们脱节的八十八岁老人，而是像以前给儿时的我们讲故事的那个人，她的故事总是充满悬念，总是给我们带来惊喜。只不过，这一次，她讲述的是自己的故事。

接下来的时段，表弟放下手机，和我一起围着奶奶，由她带我们回到七十多年前。

七十多年前，十三岁的奶奶被娘家人从安徽颍上送到不远的利辛县做童养媳。1949 年，中华人民共和国成立，奶奶和她的伙伴们一起在田间地头庆祝。第二年，中华人民共和国第一部婚姻法颁布。消息传来，奶奶义无反顾去了县城，成为当地践行自主婚姻的第一人。

"哇！奶奶，你太了不起了！"

"当地妇女有没有把你当作偶像、英雄？有没有大队人马跟着你去离婚？"

"你当时怎么想的？哪来的勇气？"

"然后呢？你从那户人家出来，靠什么生活？后来，又怎么遇上爷爷的？"

我们不住赞叹，不住提问，奶奶不厌其烦地回答。

蔚蓝的天渐渐变暗，成墨蓝；白云朵朵融在空中，直至消失近无，时间不知不觉过去了。

2

那天，我和表弟陪着奶奶吃完晚饭才离去。

回去的路上，表弟显得极为兴奋。他不住地说，今天才知道，什么叫"家有一老，如有一宝"，什么叫"每一个老人都是一部活的现当代史"。他还有些唏嘘，说："姐，如果你不是凑巧问了，奶奶也不会说，我就不知道，她这样的普通老太太，还有如此传奇的青春岁月呢！"

我白了表弟一眼，我不是凑巧问的。

"19××年，你在哪里，做什么"是我的黄金问题。

其实，关于1949年前后奶奶逃婚的故事，我已经听了很多遍。

每一次，她的讲述都略有不同。有时是情境，有时是对当时心理活动的描述，有时情节本身也发生变化。

比如，一次，奶奶告诉我，她是在妇女干部下乡普法过程中觉醒，决意解除婚约的。今天，她的说法又变了，她主动去县里打听，能不能离婚，怎么离婚。

比如，她从前只说，娘家的兄弟是她离婚最大的阻力。今天，她又补充了细节，她试图说服娘家兄弟退回彩礼，才引发了家庭内部的分歧，大吵大闹，以至于和他们断绝关系，恢复来往已是很多年后的事儿。怪不得，我到十几岁才知道颍上有亲戚。

再比如，她之前只字不提在张家的五年生活。这次聊天，她加了几句，"他们家都是好人""可我不想在利辛待一辈子""也不想嫁给他家大儿子"。可见，往事在她心里过了一遍又一遍，最后落在怪时代，而不是怪某个人上。

……

细节越来越多，细节前后略有冲突，可那又如何呢？

重要的是，我们聊得很开心，勾起了奶奶的表达欲。祖孙其乐融融，在高质量的交谈中，彼此都有了新的认识，尽管我们自出生起就与奶奶认识。

其实，不只 1949 年，我能想到的，奶奶这个年纪的人所经历的至关重要的年份，我都问过类似的问题："1945 年 /1949 年 /1960 年 /1976 年 /1978 年……你多大？你在哪里？你在做什么？"

这个问题，总会带来一长串故事，都会引发奶奶和她的听众，包括我，一长串感慨和叹息。

其实，不只奶奶，几乎我遇到的所有老人，比我年长许多的人，我都会找一个他们一定经历过的大事件，与事件相对的明确年份，问一声："你多大？在哪里？在做什么？"

1945 年、1949 年、1960 年、1976 年、1978 年，分别对应的是抗战胜利、中华人民共和国成立、三年困难时期、粉碎"四人帮"、党的十一届三中全会……

对于这些明确的时间节点，大时代背景下的小人物，人人都有珍贵的记忆，各自生活的变化都值得记取。

其实，也不只老人，比我年长许多的人，同龄人我也会问。每当想加深感情，聊完正事后还想多点对对方的了解时，我就会问我们这个年龄段，一定经历过的大事件、大的时间节点——

1999 年，千禧夜，你在做什么？在哪里？谁和你在一起？

2003 年，非典疫情暴发时，你怕吗？你在哪里？

2008 年，汶川地震，你从哪里得到的消息，有震感吗？

……

而同龄的熟人之间，时间节点还包括——

你离开家乡那天。

你刚到北京那年。

你结婚那天。

毕业吃散伙饭那个晚上。

……

"相信我，'那一年，你在哪里，做什么'这个问题，人人有话说，每个故事都动人，因为那是我们真实经历过的岁月，有温度，有细节。人人都爱听，因为说到底，人需要抱团取暖，我们愿意交换温度，交换细节。"我对表弟总结道。

3

表弟沉默了。

他把我送回家，还要赶下一场聚会，初中同学毕业十年的聚会。他给我看群里直播的照片，他的一帮同学已经喝高了，在微信群里提醒了他好几回，让他快点、快点赶过去。

"看大家的头像，朋友圈晒出的照片，很多已经和过去长得不一样了。这些年，大家也都没联系，我本来还在犹豫要不要去，去了聊些什么，现在知道了。"

"聊什么？1949年？"我笑起来。

"不，我清楚地记得，1999年千禧夜，我们一起去爬山，在本城最高顶，迎接新千年，我们一起高呼，一起喊友情万岁。那是我们经历的大事件，是共同记忆。今晚，我就问他们每个人，1999年，还记得你在哪里吗？那场聚会中，你印象最深刻的事儿是什么？说完奇怪，想到这儿，我心里竟像流着温泉。"表弟的眼里闪烁着狡黠的光。

我下了车，和表弟挥手，表弟离去前，给我丢下一段意味深长的话——

"姐，汶川地震时，我在四川，你给我打了电话。那天，我们聊了很久，今天是继那次后，我们聊得最久的，你还记得吗？"

恭喜他，找对了时间节点，找到了黄金问题。

我的心里竟也流着温泉。

每一个吃饱了撑的日子都值得纪念

1

大四的一天，我们决定去爬九华山。

说去就去，说起床就起床，说收拾就收拾。一个小时后，我们已站在长江边等船，我们是四个室友。

有如此行动力，盖因领头的陈同学，她家就在青阳。一路上，她打包票，九华山风景好，人好，一切免费，"你们一定能留下最美好的回忆"。

免费？是的。

陈同学联系了她的高中好友孙，她在九华山山腰一家单位工作。恰逢周末，有的宿舍没人，"你们来住！"电话中，孙的声音活泼，见到真人更活泼。活泼的她和我们仨打了招呼，就带着陈同学去跳舞了。对了，那些年，流行的是三步、四步、水兵舞。

折腾了半天，从安庆到青阳，从船到车，从平地到半山，我们很快就在别人的宿舍里睡着了。

那天晚上发生的事儿，我终生难忘。半夜，宿舍的主人回来了。两位男士打开灯，发现两张床上睡着三个女大学生……

当然，凭睡姿是看不出文化程度的，这些是五人齐齐尖叫后，互相试探，逐渐还原的。

凌晨，陈同学和孙才散了舞会，回到宿舍楼。在此之前，所有人在大厅，门敞开，灯打开，不眠不休，僵持、对峙。

总之，是个乌龙；总之，一宿无眠。第二天，上山计划没有变，来得匆忙，我甚至穿着高跟鞋，一步一个坑从后山爬上去，一路上，荆棘划破了裤子，树枝刮破了脸。试问为什么是后山，陈同学鼓励大家：我们从野路上山吧！不用买票，免费！

不记得早饭吃了啥，似乎什么都没吃，被石块绊倒的刹那，我忽然想起这天是愚人节，忽然想哭。

等爬上山，走上像路的路、像台阶的台阶，看到像庙的庙，我们匆匆拍照，匆匆磕头，匆匆抽签，我抽了一支下下签。

神哪！

但陈同学说得没错，我确实留下最美好的回忆。
美好是吃饱了撑的回忆。

坐缆车下山后，陈同学带我们进入一家小饭馆。我们围在一张木质方桌前，活泼的孙又出现了。

她说，我请客，为昨晚的乌龙赔罪。

随后，她招呼老板，瞬间端出好几个菜、一电饭锅饭，桌子铺满了。

太累了，也太饿了，我的眼里只有正中那盘雪菜炒肉丝——

翠绿的雪菜、酱油色的肉丝，甜中有咸，咸中有清冽的酸。

夹一筷子摆在白米饭上，汤渗进饭里。须臾，汤汁裹着饭，饭粒浸着汤。

再用舌头裹起它们，前几十口我都没来得及嚼，只是吞，过一会儿才想起慢慢品菜梗的硬、肉丝的软，雪菜极小的颗粒在齿间咯吱咯吱如冬天雪花落在大理石地面的声音，落得真快。

这声音让我迷醉，我吃了六碗饭。

是实在满足，实在想继续，实在继续不下去的饱腹感。

仿佛走了那么远的路，受了很多惊吓，只是为了来见见这盘雪菜肉丝和它的姐妹——白米饭。

物我两忘。

莫道不消魂。

人生得意须尽餐。

出饭馆，有家药店，我买了瓶江中健胃消食片，我无悔。

2

十年后，我挺着大肚子在北京东直门来福士负一层转悠完，总要在坐地铁前，吃一盘鸡丝凉面。

说来奇怪，怀孕前，我绝对不会碰鸡肉。哪怕我是合肥人，吾乡最著名的就是老母鸡汤，我也提起来就皱眉。

怀孕改变一切，包括口味。

好邻居Z女士带我在来福士负一层大排档第一次点鸡丝凉面。我原本一脸嫌弃，闻到味儿，莫名其妙就变了脸。从此深深被它吸引，孕吐也惊人地消失了。

怀孕仿佛会传染。

没多久，Z女士也宣布有喜了，还是双胞胎。

忽然间，都觉得责任重大；忽然间，都觉得人均消费水平降低了。

当时，我们都住在立水桥北的一个小区，上班的地儿是东直门一个大院内相邻的两栋楼。

Z女士上下班如果开车会捎上我。这时，我们就会互相提醒：车上有五条人命啊！

如果我们出去吃饭，又会在结账后，同时做盘算状：哎呀呀！真便宜，五个人才吃这么点儿！

长达七八个月的时间，我和Z女士一起吃过很多次好饭，眉州东坡、北平居、三千里烤肉、海底捞……我们踏遍簋街、来福士、龙德广场。

当然，最爱还是鸡丝凉面。

首先，它凉。

不知道为啥，心里总是发烧，比喝了烧刀子还烧。临盆之际，我简直每天要浇一瓶凉水到胃里，才能平息无端蒸腾的心火。

而鸡丝凉面，每根面经凉水洗礼，各自分离，根根分明，鸡丝、黄瓜丝、胡萝卜丝、花生米碎，温和的、清新的、绚丽的、忽隐忽现的，筷子一挥、一拌，让它们彼此关联，利益均沾，比冰成一坨的冰块、冰激淋，更有人情味。

其次，它辣。

嘴里没味儿，舌尖需要一点点兴奋剂。鸡丝凉面的辣不多不少，挥、拌时，还可以适当做调整。

再次，它是被家人禁止的食物。

不知是谁最先提出的，身边所有人都坚持"孕妇不能吃辣"！越不能，越想，一旦出门，我就锁定鸡丝凉面，偷着吃更过瘾。

2012年6月29日，是我的预产期，可肚子毫无动静。

又过了两天，烧心、热、胸闷，我上网查了很多催生的法子，包括封建迷信的。其中一个方子叫"过道面"，意思是过一条马路，去一个朋友家吃一顿面，回来就能生。

我马上联系Z女士，特地过了一条小马路，像企鹅一样颠着肚子，摇摇摆摆去吃面。

吃鸡丝凉面。

厨房里，不太会做饭的Z女士像企鹅一样颠着肚子，摇摇摆摆，把调料罐摆一排，把鸡丝、黄瓜丝、胡萝卜丝、花生米碎放在四个盘子里，又摆一排。

冰箱上贴着张A4纸，是菜谱，一看就是刚下载的。Z女士焯水、捞面，对着菜谱念念有词："生抽"，倒生抽；"蒜末"，拿蒜末；"糖"，加糖；"红油"，放红油……

这天，Z女士家只有我们两个人。

阳光很好，餐桌对着宽阔的阳台，我们坐在桌子的两头，椅子都离桌子有些距离，因为肚子太大。我们一言不发，闷声吃面。第一次，在孕期，在饭店外，光明正大吃上辣了，还管够。

再没吃过那么好吃的鸡丝凉面。

吃完再加，加到不能加，就坐在那里回味"什么叫吃饱了撑的味"。

再没见过那么灵验的面。

我和Z女士像两只企鹅似的挥手告别，第二天，我就进了产房。

七月底，Z女士也生了。

再见鸡丝凉面，总有些"忆往昔峥嵘岁月稠"的感慨。

3

我在家里被关得太久了。

正月初一从深圳回来，到现在一共26天，竞争上岗倒垃圾、拿快递，我一共用了一个口罩，下楼时间加起来不超过一小时。

每天，在网上抢菜，从吃什么有什么到有什么吃什么。下单后，总会收到若干退款信息，APP上弹出：对不起，你买的××和××没货了。

过去一个星期，总要出门吃一两次饭；在家吃饭，有时也会叫外卖，添点自己做不出又喜欢的。

我想蛋糕，想乳鸽，想生煎包，想水煮鱼，想鸭血粉丝汤，想烤鸭，想比萨，想小龙虾。

我不是一个人。

我所在的每个微信群，几乎都在讨论吃的。

每个朋友的朋友圈几乎都在晒吃的，用有限物资自制的。

几乎每个人都在发誓，疫情结束后，一定要吃什么，一定要和谁吃。

画风全变了。我记得，还是这波人，一个月前，还嚷嚷着报减肥营，每天万步走，宣讲过午不食；立志不掉三十斤，不换头像；深夜发美食图都会说："太罪恶了！"

湖南的朋友给我寄了一箱腊肉。

物流不畅，一周后我才收到。我打开纸箱，将腊肉摊在阳台，排一排，我望向它们，像将军阅兵，比将军开心，因为我闻见阳光下的肉香。

急不可耐的我拿起一块儿，冲进厨房，用热水洗净，用滚水煮开，凉透了，切片。在有限物资中，找到一把韭菜。油噗噗响，下肉片，煸；再下韭菜，炒；肉色绯红，把韭菜叶的脸也染红了。盛进盘子里，噗噗响的油淋上去，麻利地端上桌。

风卷残云。

我看着空盘子、空碗发了会儿呆。

这种熟悉的感觉让我想起十几年前在九华山，走了很远的路，去见一盘雪菜肉丝；生产前，在Z女士家，一言不发闷头对着一盆鸡丝凉面。

物质丰富，自由唾手可得时，我们没有"特别想得到"什么的念头，被满足太容易，就不会珍惜，寻常日子谁会认为——

想干吗就干吗，路边随便喝咖啡，街角随便买蛋饼，说走就走，说见谁就见谁，说撑就撑，撑了还要努力减掉，时间、空间、胃撑到、饱满到需要断舍离的寻常本身是福？

收拾碗筷时，我的微信响了。一个很会做饭的女朋友发来图片。她说，她用饺子皮做了十个生煎包，等疫情过去，请我尝尝。她还说，昨天吃了一口别人送她的手打年糕，眼泪都快流下来了。"我们这一代，没经过颠沛流离，总以为一切理所当然。现在才明白，封闭久了，出来吃一个苹果，都觉得是极乐体验。"

我说，我懂，等疫情过去，我要带一瓶香槟去吃生煎包，吃到撑。

要好好享受人间烟火。

毕竟，每一个吃饱了撑的日子，都值得纪念；每一个吃饱了撑的日子，都值得期待。

关于父亲的五件事

1985 年，我六岁。

一个夏日午后，我爸给我讲故事。

故事关于项羽，说到项羽打了败仗，将乌骓马托付给划船来救他，但被他拒绝的老翁。而后，项羽在江边拔剑自杀，当时乌骓马已经在江心船上，但还是长嘶一声，跃入乌江中殉主。

我哭了。

等我哭完，我爸问："这个故事好吗？"

我点头："好。"

我爸又问："这个故事是一个叫司马迁的人写的，你以后想不想做一个写故事让人哭、让人笑的人？"

我再点头："想。"

我爸说："那你要努力啊，这种职业叫作家。"

所以，我不认识字，就知道我的理想是作家。

1993 年，中考结束。

偏科严重的我，数理化加在一起，只有 119 分，而满分是 240 分。我的同桌，光数学一门就考了 118 分。

拿着那张窄窄的分数条回家，我以为爸爸会骂我。谁知道，我爸盯着它看了一会儿，拉我坐下。他说："如果你不能门门课都拿第一名，那就在喜欢的事儿上做到第一名。比如，你会写文章，那把文章写好也行，你以后就靠它吃饭。"

"把文章写好又能做什么呢？"我疑惑。

"起码能进厂里宣传科吧。"在千人大厂工作一辈子的爸爸为我指了条路，是生路。

从此，我相信，我啥都不会，只会一样最擅长的事儿，也能养活自己。

2001 年，我大学毕业，很快，去另一个城市发展的男朋友提出了分手。

事发突然，那段时间我彻夜难眠，以泪洗面。一天清晨，我皱着眉、苦着脸，问爸爸："我以后是不是不会再遇到更好的人了？"

我爸看了我一眼，眼神中满是诧异。他用极肯定的语气否定我的问题，他的答案像把我的话当笑谈："怎么会？！"

瞬间，我也觉得，嘻，天涯何处无芳草，真的是笑谈。

2012 年，我刚生孩子，家庭矛盾不断。

我哭着给爸爸打电话，说过不下去了，不想过了。

我喋喋不休，车轱辘话来回转。

我爸在电话那头，等我说够了，安慰我："你要是真过不下去了，想离婚，我和你妈就去北京给你带孩子，你照常工作，别怕！"

我忽然就笑了。有了这句话，我就有了底气，事情还没那么坏，冷静下来，生活正常继续。

2019年，我给父母报了个旅游团，从合肥出发，十五天游遍欧洲。

过完安检，上飞机前，我爸给我发了条微信，是一组数字。我正感到费解，很快便接到他的语音通话。

他大概在洗手间里，声音明显刻意压低，口气神神秘秘。他说："要飞十几个小时呢！我还没坐过这么久的飞机，万一有危险呢？我先把家里银行卡的密码告诉你！"

我事后开玩笑时总结：这真是笔划算的生意，花个报团的钱，就掌握了父母的全部存款。

曾有熟人开我玩笑，说："你为什么总有一种莫名其妙的自信？"

我也很坦然："对，别人是永远热泪盈眶，我是永远理直气壮。"

事实上，兜里只有十块钱，我都不会自卑，仍觉得自己是白富美；被攻击得一无是处，还会想，我起码还有什么什么不错。

这一切一切，都只有一个原因——

有人帮我兜底，那个人是我的父亲。

手机里最舍不得删的照片

十几年前，我妈退休。退休前，她做了一辈子会计。

我从小用的草稿纸就是各种废票据、废表格的背面，最早是三联那种，写着"备战、备荒、为人民"。我们是三线军工厂。

我还用过材料单、往来账凭证，高考前用增值税表，有半张桌子那么大。半张桌子的草稿纸积攒到半人高，我就去上大学了。

我还记得，在我工作，我妈退休的那年春节，她虽然穿着两千多（我当时一个月工资）的新皮衣，但仍紧皱眉头说："以后的日子，就是等死吧？"

退休，办公室同仁要送她一份礼物，她选择带走她的算盘。那个算盘，至今还在我娘家珍藏，锃亮，打起来啪啪响，可惜已没有了用武之地。

退休和等死当然没有关系。时间上无缝对接，我妈去上了老年大学，学英语，学工笔画。

那时，我爷爷还活着，也就是我妈妈的公公。他非常质疑退休了上大学的意义，还不如去挣钱，比如给人代个账。家庭聚会，有时我妈来晚了，说去上课了，都会被我爷爷笑话。可是，很快，包括他在内的所有人都不笑了。

因为我妈画的画。

在上老年大学前，我妈没有摸过画笔，但她会做衣服，我上高中还穿她做的裙子。小时候，她给我织的毛衣，前襟上有花纹，花纹连起来是我的名字。毛衣穿了一个星期就被老师叫停了，理由是人贩子看着毛衣会叫出我的名字，然后拐走我……好，扯远了，扯回来，手工，用手做事，她不陌生。

做会计时培养的耐心、细心，是从工作中抽离出的专业技能吧，把这些放在画画上，再合适不过。

等我妈画到第四年，在老年大学度过一个大学本科的时间，在普通人眼中看起来画得很像样了。亲戚家的客厅都装修成一个样儿，电视墙对着沙发，沙发上挂着一幅画，这幅画就都是我妈画的。

花开富贵、月出惊山鸟、梅兰竹菊、各种仕女……

画画这件事对我妈来说，是学习，是静心，是消磨时光，是社交货币，维系旧圈子，发展新朋友。

我无数次见她在窗下调色、描摹，不自觉挺直背，专注一心，画一只鸟或一串葡萄。

我无数次听见她接故交的电话，语气有点抱歉地说，就快画完了，一定能赶上你儿子结婚！一定能布置上新房客厅！

我无数次看她在家庭群中贴新画，等待赞叹，赞叹一定如期而至。接着是合影，是和老年大学认识的同学、老师合照，有一次竟然是在画展上的合影，照片上人物不同，但颜色雷同，叔叔阿姨们都穿得花红柳绿。

我有了孩子后，双方父母轮流来半年帮忙照顾我的小家庭。

七个半年，我妈带着画笔、颜料、画纸，从合肥到北京到上海。

我手机里有张照片是在北京光华路的家中拍的。那天，我爸带着孩子在楼下和小伙伴们嬉闹，我在楼上能看见他们玩耍的样子。我回头推开我妈卧室的门，本想说点家常话，却只安静站了站，拍了张照，就默默退出。

因为她在画画。

她的绘画水平当然和专业的、职业的相差很远。

但那种我在做事，做一件我饶有兴味、我觉得重要的事的姿态，自动设置了一道门。那扇门让人动容，让人觉得她应该得到尊重。

这张照片，我一直留在手机里，没删。

那天晚上，我正好碰到第一千次提问。我正在写稿，孩子问："妈妈，你为什么不能做全职妈妈，一直陪我玩？"

我给孩子看这张照片，我说："每次看到姥姥画画，你会怎么说？"

孩子第一千次发出感叹："哇哦！"

"是的，姥姥六十多岁了，她还有能让你'哇哦'的事。妈妈下班仍要写稿，是希望有一天你的孩子喊我奶奶时，除了我会照顾他，喂他吃饭，给他擦屁股之外，还有一件能让他为我'哇哦'的事。他尊敬我，不只因为我是他的奶奶，还因为我能让他眼前一亮，我有闪光点。而这眼前一亮，要提前付出很多时间。"

孩子没说啥，可能有所思，也可能让我绕晕了。

总之，后来没再提让我放下稿子只陪他这一话题。

今天，我妈在家族群里又发了新画的照片，就是这幅葡萄，照例一片赞。表弟表妹堂弟堂妹们纷纷表示，疫情结束后，请大姨／大妈／大姑送画，送真的葡萄。

退休不是等死。

我想拿着这两张照片穿越回十几年前，走到那个穿着女儿第一个月工资买的新皮衣"毫不惜福"只会发愁的妈妈面前，自信满满地告诉她——

你看，这明明是新生。

也给我以新的启迪。

谢谢你的画，妈妈。

那些串儿

乐普生楼下的炸里脊是我吃过最好吃的。

肉软、肉厚、肉嫩。

炸的火候恰当，逆风香十里。

它不知被哪些佐料腌过，也不知被腌了多久，我能尝出来、认出来的，仅孜然、芝麻、辣椒面。

里脊肉穿在一根竹签上，是大而厚的一串儿。

油在肉上滋滋响，泛着光。

我每每握着竹签，总觉得眼前立着的是一片完整的舌头，诱人的舌头。孜然、芝麻、辣椒面就是这片舌头对我无言的邀请。

也不是无言，通常我们都是很多人一起去逛步行街，步行街的尽头就是合肥乐普生商厦。乐普生一楼下有一条悠长的过道，暗、黑、湿，雨天还有积水，可全世界最好吃的炸里脊，就在这条过道的一个摊位上。

总是叽叽喳喳，总是拍拍打打。

叽喳的是同行的人，拍打的是自己，对自己拍打。因为辣，辣又欲罢不能。拍打完，还要口中哈着气，不断做"嘘嘘"声，仿佛那"嘘嘘"能缓解辣，缓解因辣引起的情绪波动。

此时，千万不能喝可乐，一切有气泡的饮料都不行，气泡若在舌尖散开，只听得"刺啦"一声，落在舌头残留的孜然粒、辣椒粉末上，如火上浇油更辣了。

此时，只能再在隔壁摊上买一串盐水菠萝。

甜与辣，热与冰，对比、中和、平衡，回味无穷。

冲那回味就值得，再转回烤串摊，冲老板娘大声喊："再来一串炸里脊！"

转转回回，不知不觉，腹中就裹满了里脊们、菠萝们。

我如果一个人去，总是在雨天，撑一把伞，踩一路积水，寻味而至。好几次，我因辣拍打、踩脚，衣角被自己溅起的水弄湿。

雨天，乐普生楼下的人也不会少，这里是通向步行街必经的通道。

人们不约而同，本着"贼不走空"的心思，走过、路过的，离开时都纷纷举着各种竹签穿的各种串儿，或不同颜色、不同质地的汽水瓶。

人间烟火，热气腾腾。

我一个人去，仅有一次不是在雨天。

2001 年，我在步行街附近的一所中学工作。第一个月，工资加上教师节、中秋节和国庆节的过节费，那是一笔"巨款"。

那天，我揣着快撑破的工资袋，独自步行八百米，走进乐普生楼下的通道，买了一串炸里脊。

我站在小摊边，一口一口仔细咀嚼，数清楚每一粒孜然、芝麻，把"舌头"切成小块儿，浸在辣椒面中，吞下。

再慢慢啃一牙菠萝。

汁水甜而清洌，浇灭刚才那团火。

我怀里的工资袋是我胸口的糖、我的大秘密。

我用摊位上劣质的餐巾纸擦擦嘴，平静、欢喜地离去，自觉像一个事了拂衣去，深藏身与名的蒙面女侠。我浑身都是幸福的孜然味儿。

我把这件事说给很多人听过。

多年后，一位老友对我说："每次想起你拿到工资，只买了一串炸里脊庆祝，就觉得心酸。"

我知道他的好意。

但我脱口而出的是："天哪！你不知道，那是天底下、全世界、最好的炸里脊啊！"

他不会知道。

因为，炸里脊也好，盐水菠萝也罢，那些暗黑长道中的美味，那些串儿、那些小摊，都撤了啊，都去哪儿了……

我们就这样散落在天涯。

我写的每个人都与她有关

一个朋友问我，在你的人生中，有没有特别关键的时刻，做对了关键的决策？

我想了想，想起高二暑假的事儿。

高二暑假，我家刚搬家，新小区电压不稳，经常停电。停电时，如果我想看书，就得点煤油灯，煤烟会把墙熏黑。因此，我只能去贴满瓷砖的厨房看。

经常一看就是一夜，起码到下半夜；我看的是数学书，然而，我并不爱数学。

我的所谓关键决策就是这件事，在那个暑假前，我的成绩一塌糊涂。

那个暑假发生的事，而今都已模糊。

我只记得，暑假前公布成绩，我的数学是 29 分，满分 150 分。暑假开始，有一次大规模的补课，我借后座的男生作业抄，他只写了一个得数。问他过程，他当着很多人的面笑说："还是不要说了吧，说了你也听不懂。"

那就是少女的至暗时刻。

我直到今天都记得那一瞬间的难堪、崩塌、自卑、惭愧、被羞辱、无能为力、无法反驳。

我在痛哭一场后，认真研究了如何让以上感觉都消失，答案是你得自己强大，把被看不起的事做好。那么,做好后呢？就结束了吗？似乎也不是，我忽然意识到，我要为将来做打算了。

我在家拿一张我妈用废的增值税表的背面,列我未来能做的事,发现每一件事都要通过高等教育才能实现。

我又分析了我的成绩，偏科严重。分科后，其实只有数学成绩是核心要解决的问题。

怎么解决呢？我根本看不懂数学书，但是我记性好，把它们全部背掉，或许就能懂？

凭直觉，我这么做了。

没人告诉我对不对，我也不会告诉任何人。

我在厨房的煤油灯下一夜一夜、一页一页抄数学书时，其实不太肯定能有什么效果，但那是我能想到、能做到的唯一办法。

而我所在的高中，好几年没出过文科本科生了。

无论是环境，还是自己，看起来上大学的机会都渺茫。

一会儿小声对自己说："没问题。"

一会儿又冒出一个声音："怎么可能？"

一会儿流泪，一会儿流汗。

事实上，暑假过去，当我把那六本数学书背完，我发现我的方法没错，所有题都是例题变化、组装而成。

新学期开始，我的数学成绩已经能及格了。之后的强化、练习，令我高考时数学考了118分，比前一年分科时的摸底考多了近90分。

以上就是奇迹的全部，我本科只上了一所普通师范学校，但那是基础薄弱的我的全力呈现。命运是公平的，没有更多奇迹，也不会辜负每一分努力，对此结果，我已感恩戴德。

"这就是我在关键时刻的关键决策。"我总结道。

"除了考上大学，这件事对你还有其他的影响吗？"朋友既唏嘘又好奇。

"其他影响？"我陷入深深思考。

是的，还有其他影响。

这件事后来起码产生四个结果——

1.在背数学书并验证方法有效的过程中，自己琢磨、自己判断、自己执行、自我安慰、自我鼓励、磨炼意志的同时，我不太相信别人给我的办法。从此，我只相信自己。

2. 后来，我打过一场漫长的官司；后来，我因为户口在一家老牌单位磨了五年，每天受了委屈，晚上就回家靠写作疗愈伤痕。每当熬不过去时，我都会拍拍自己的肩：怕什么，谁能默写六本数学书？没有比那更难的事吧？你一定能挺过去。

3. 我生命中一个很重要的人，在彼此失散多年后，他在一本杂志上看到我的一篇文章，其中提到高考前背数学书的过往，他搜索我的笔名，找到我，恢复联系。可见有类似故事的人不多，它成了我的印记、标签、联络暗号。

4. 我忘不了那个少女。

那个夏天，她擦着汗，摇着扇，做一件不知道能不能成，但必须做成的事。煤油灯下，她的脸和正弦、余弦、增值税表在一起，成为我刻骨铭心的画面。日后，我以写作为生，我永远在写小人物，写平凡的女孩如何追逐梦想，我写的每个人都和她有关，她成了我写作的母题。

我至今感激她。

她让我觉得我做过一件很牛的事。

姥姥家

1

小时候，姥姥家是个遥远的名词，回姥姥家是一件一年一次的大事。

我家在合肥，姥姥家在一百多公里外的寿县。

交通不便，需要先从合肥坐汽车到六安，再从六安转车到寿县，到了寿县县城，再找车去一个叫"马头集"的地方。马头集比周边的镇子要繁华些，但还不是终点。姥姥家在三十里外的隐贤镇，这三十里路不通车，只能靠走，不能走的人，比如年纪尚小的我，就得让大人抱或扛。

那时的我，对距离的衡量，主要通过坐公交车的经验。

每每天越来越黑，被背着或抱着的我就会有些害怕地问："还有几站到？"

我妈总坚定地告诉我："一站。"

很难说是为了稳定军心，还是因为根本没有站，所以干脆表示一站到底。总之，很长一段时间，我认为世界上最长的一站路就是通往姥姥家的路。

关于这站路，有两个段子，至今在家庭聚会中还会屡屡被提起。

其一，一年春节，我爸愣是提前准备了一根扁担、两个桶，一个桶里放行李、年货，另一个桶里放我。三十里路，路面上还有未化的冰，我爸一边小心翼翼地走，一边跟两手空空的我妈瞎贫："这位大姐，能多给点钱吗？您看东西这么重，我又这么卖力……"竟有路人帮腔："是啊，大过年的，都不容易！"

其二，我小学四年级时，回姥姥家的行李中，除了大包小包，还有一辆自行车。

天不亮就出发，下午到了马头集。我爸从长途汽车的顶部取下层层束缚的自行车，接过我妈手中的行李，把我和自行车往我妈面前一推，我才知道自行车的用处。"我带着行李在后面走，你妈骑车带你先行。"我爸这么解释。

在此之前，我从不知道我妈会骑自行车。在此之后，我再也不想坐她的车。

虽然三十里地不通车，撞也撞不到哪儿去，但他们忘记，一路上坑坑洼洼坡连坡，有几个坡挨着，谷底如窝。而车马劳顿，又起得早，我已困得不行。

没多久，我爸我妈会师了，我爸从后往前走，捡到我。原来，在剧烈的上下坡中，正睡着的我从车上摔下来，跌落某个"谷底"，醒后旁顾左右，大哭；而我妈骑着骑着觉得身轻如燕，往回一看，魂飞魄散，"孩子没了！"也大哭着往回找。

那次，有惊无险，但为避免闹剧重演，我妈推着自行车，我坐在后座上，一家三口往姥姥家前进。

到了姥姥家，往往是欢笑伴着泪水。

差一点丢了孩子的，差一点丢了东西的……

差一点没赶上车的，差一点没挤下车的……

差一点在三十里路的跋涉中走不动，走不回，走迷路的……

各有惊险，各有心酸，一个大家庭的人，一年才能聚齐一次，所有人和所有人才能见上一面，第一夜根本没法睡。

要聊天，从历经千难万险如何回来开始说起，一直说到一年来的收成，一年来的变故，明年此时此刻再见前各自的打算。

要拿出年货，盘点、码放、分配。姥姥的儿女们，分别从寿县县城、省城合肥和上海回来，年货包括新衣服、过年的吃食、各种烟酒、生活用品，以及给亲朋好友的孩子们带的新玩具。我常常怀疑，他们把家都搬回来了，不，是把姥姥家缺的东西都搬回来了，而住在偏远镇上的姥姥家，什么都缺。

我和表兄弟姐妹们的会晤通常也就这么一年一次。

在茁壮成长的那些年，每一次会面都是对去年记性的考验，每一次会面都要经历从生疏到亲密到依依不舍的过程。

姥姥对待每个孩子的态度主要看离的远近，嫁到上海的六姨，和她的女儿翠翠毋庸置疑是最受宠的，连六姨夫也被当作上客，理由是"远嫁的女儿不容易"。

是啊，那时嫁到上海就算远嫁了，上海也意味着是比姥姥家先进得多、发达得多的另一个世界。

过年几天，和其他兄弟姐妹不同，除了一年不见的亲戚、同学上门来访，六姨接待的对象大多是镇上的年轻姑娘。她们围着六姨，听她在大上海的见闻，摸六姨的每一件衣服，偷偷搽六姨的珍珠霜，纷纷央求六姨帮忙也给她们找个上海人做丈夫。

噢，对了，六姨、我妈的行李中都有一包穿旧的、她们淘汰的衣服。这些衣服，不是特别亲的亲戚，还没有资格分。

年轻的姑娘们围着六姨时，一旁的六姨夫俨然是成功人士，他见人就发大白兔奶糖，说比糖还动人的客气话："来我们上海玩。"

六姨一家回上海，一般从合肥转车。

过完年，我们就一起出发了，先一起走三十里，再一起到寿县，到六安，到合肥。

六姨一家必须在合肥住上一天，才有力气登上合肥到上海的火车或汽车。直到二十世纪九十年代，这一段路，还需要 24 个小时。

"来我们上海玩啊！"临别时，六姨夫挥着手的样子，是假期结束的符号，是一年一度"姥姥家"这个名词和与之相关的一切，由远而近又远了的标志。

2

这个月的某一天，我送小朋友上学。临近校门，他忽然问："明天放假，我想回姥姥家，行吗？"

我的小家现在上海，父母在合肥生活，官方数据显示，两地有四百六十多公里的距离，如果选择高铁，只需要花两个小时的时间。

两个小时的车程意味着，我和小朋友在上海的家中吃完早饭，八点出发，八点半到上海虹桥站，十点半到合肥，十一点到我的娘家，午饭还没开始做呢！

因此，小朋友无数次提起姥姥家是度假胜地，合肥是上海的后花园。有时，我想有朝一日，对这一代的孩子再表示从安徽嫁到上海是远嫁，应该没有人相信吧。

"行吗？"小朋友摇着我的手问。

这是周四的上午，第二天就是一个节日，小长假共计三天，从周五到周日。

我在心里默默盘算了下，这几天没有什么重要的工作要做，便轻轻点头："好啊，下午放学就去姥姥家！"小朋友露出欣喜的表情，他松开我的手，跑进校门。

说走就走，回到家后，我做了三件事。

首先，打开手机，找到经常买票的APP，选合适的车次、座位。

小朋友爱坐在窗户边，我爱临着过道。上海到合肥的高铁几十分钟一班，当日票并不难买。

其次，收拾行李。所谓行李，不过一个双肩包。身份证件、三日换洗衣服、车上用来填肚子的小零食、一个能折叠打开呈不同形状的超级飞侠小玩具，iPad、手机及它们的充电设备。

物资已经极度丰富了，城市与城市的差距趋近于无。物流快，网购成为大多数人取得生活用品的渠道；从一个地方到另一个地方走亲访友，还带着土特产，带着当地所没有的紧俏货的人，已经越来越少，物质上的"少见"本身已经少见。

最后，做好车上、车下的准备。

为了车上，我在 iPad 中下载了足够多的动画片，在手机里下了好几个最新的音频故事。噢，我又往双肩包中塞进两本书，都是薄薄的，他一本，我一本，太厚的书两小时根本读不完。

而车下的准备，主要是到站后，如何抵达目的地。

如果是我一个人出门，江浙皖一带，我都能做到当日来回，下车再打网约车，或直接打出租车。每当我一天之内在几个城市流水般穿梭，一气呵成办好几件事时，我就会想，今天的人之所以有五湖四海的格局，要拜五湖四海连成一片的方便、快捷。

今天不一样，我带着小朋友，还是有人接更方便。于是，我在微信群里吆喝一声，告知了所有人："我下午带孩子回姥姥家，谁来接我们？"

三十秒后，得到回应。

"几点到？"

"哪个站口接？"

"晚上一起吃饭吧？"

"这次住几天？"

"我今晚有事，明天到我家来玩吧！"

做出以上回答的，分别是我爸、我小姨、我舅舅、一个表弟、一个表妹；他们都住在合肥。

"我下周回！"这是另一个表弟，他在武汉读博士。

"我下个月去合肥，到时候见！"这是二姨，她仍在我姥姥家所在的寿县。

"你们又聚上了！"这是另一个表妹，她在北京工作。

我们的微信群名，就叫"姥姥家"，我建的，为的是五湖四海，天天见。

下午三点半，我背着双肩包，小朋友背着他的书包，我们往他的姥姥家进发了，不出意外，我们能到家吃晚饭。

火车上，风景飞驰而过，每路过一个车站，孩子都会报一遍站名：常州、无锡、南京……

"你知道吗？从小妈妈以为，最远的一站路，就是去姥姥家的路。"我说。

"有多远？"

"一百多公里，要走整整一天，一年去一次。"

"比我姥姥家远吗？"

"没有，你离姥姥家四百多公里呢。"

"可我觉得姥姥家很近啊！"小朋友疑惑。

　　要怎么跟他解释，一百多公里，四百多公里，很远和很近的姥姥家，一年见一次和天天见的姥姥家，这两代人的姥姥家之间，我所亲历的时代之变呢？

小天使

1

两年前的一天，我打了辆专车，从北京去香河。

一个朋友是香河马拉松的主办者之一，应他邀请，我带着全家去赛场为他捧场。

堵，烈日炎炎。

坐在后排，依偎在我身边的孩子越来越不舒服。他说想吐，看来是晕车了；为引开他的注意力，我便给他讲故事。

故事从他问我第一千零一遍的问题开始。

这也大概是每个孩子都问过父母一千零一遍的问题："我从哪里来？"

堵在高架桥上，我抱着满脸通红的他说："洛洛啊，你知道吗？

有一天，爸爸妈妈想要一个孩子，爸爸就把种子放在妈妈的身体里，然后我们手拉手睡着了。梦里，我们飞到天上，遇见一个仙女，仙女对我们招手。她说想要孩子吗？跟我去挑一个小天使吧。"

　　洛洛听入神了。

　　我发挥想象，尽情勾勒在天上遇见小天使们的情景——

　　"游乐园里，许多小天使在玩耍。"

　　"他们你追我，我追你。"

　　"终于，我和爸爸在滑滑梯旁发现一个小天使。他有点馋，嘴角还有一粒面包渣，一笑眼就眯起来……"

　　洛洛知道，我说的是他，眼已经眯起来了。

　　坐在副驾驶座的爸爸忽然转过头，加入创作："还跑得特别快，我抓都抓不住。"

　　那天，这个故事我讲了五遍。

　　后面的情节包括，我和爸爸如何一眼挑中他、下定决心要他，仙女如何苦劝我们再想想，再挑挑，都被我们严词拒绝。

　　听了五遍，洛洛睡着了。

　　醒来，他问我，什么时候发现他就是那个小天使的。

车已进香河界内，我看着窗外："梦醒后的第九个月，我生下了你，爸爸见你第一眼时就惊呆了，冲我喊：'天哪，这不就是我们在天上挑的小天使吗？'"

前排的爸爸解开安全带准备下车，再次回头，表示肯定："对！"

2

半年后的一天，因为洛洛不听话，我情绪失控，把他推出门。我说，我不想做你妈妈了。

他的反应出乎我的意料。

他愤怒地质问我："我在天上做小天使好好的，是你把我挑回来的，现在不想要我了？"

一时间，我惊诧得忘了生气。
惊诧他还记得，而我已经忘了。

既然故事已在他心里生根发芽，他坚信他是小天使，我能做的就是帮他坚定这种坚信。我立马说，对不起，我再也不说让你走了。

此后，出现过，他笑眯眯地对着夜空发呆，问他在干什么，他反问我："就是那架滑滑梯吗？"他指着一弯新月。"是你和爸爸发现我的滑滑梯吗？"

还出现过，看星云图，我解释什么是仙琴座，什么是巨蟹座，他畅想着："我在天上做小天使的时候，就弹过这个琴，和这个小螃蟹玩过。"

甚至，我们在京郊度假，清晰见到银河的那一夜，洛洛脱口而出的也是："啊！我做小天使时，一定在这条河边洗过脚。"

总之，当他坚信自己是小天使时，一切都变得有梦幻色彩。他像玩拼图一样，拿想象补全前世，发生的一切都以天使为逻辑存在。

故事就这么自己长出来了。

3

然而，孩子并不满足于知道"前"，还关心着如何"后"。

洛洛第一关心的是，如果他是天使，他的翅膀后来去哪儿了？

我的解释是藏起来了，怕他飞走；爸爸的解释是，藏起来了，"但等你能飞、想飞时，我就陪你飞"。

呵，这也是爸爸和妈妈的区别吧。

然而，问题又来了："究竟藏到哪里去了？"

一段时间内，只要洛洛单独待在房间，就扑腾腾翻箱倒柜；他还问同学："你找到你的翅膀了吗？"

我是在春运途中，终于找到合适答案的：

"为什么每年爸爸妈妈要带你回老家？因为你的翅膀，一只藏在妈妈的老家安徽黄山的山洞里，一只藏在爸爸的老家福建武夷山的山洞里。我们回老家，是翅膀在默默引领着我们回去看它。"

然而，还有比翅膀更难解决的问题，即生死：

"天使在做天使之前，是什么？"

"你和爸爸以前也是天使吗？"

"如果我是天使，我以后想要孩子，也要去天上挑天使吗？"

洛洛的问题追着问题。

于是，我编织了一个轮回："小天使被人间的父母挑回来，慢慢长大，也变成父母，再去天上挑天使做孩子；他们变老，特别老，就再回到天上，过一段时间，再变成天使，等待人间的父母来挑。"

天知道，编织的过程有多复杂。

用网络文学的话来说，我几乎打造了一个世界观。

天知道，孩子的衍生能力有多奇妙。

一天清晨，我醒来时发现洛洛睁大眼睛，显然醒得更早，并显得很忧虑。我问他，你在想什么？

他回答，如果你和爸爸回到天上，我还在地上，我们是不是见不着了？

我说，也许见不着，也许有一天，我和爸爸又到地上，又需要去天上挑小天使，可能还会遇见你。但我们都变样了，不一定认识对方，可能会错过。

他就这么忧虑了一天，直到晚上放学回来，搂着我的脖子说，他想出办法了——

妈妈，我不是总把"走"喊成"抖"吗？等你和爸爸再去挑小天使时，我们都变样了，我就坐在滑滑梯旁，谁来挑我我都不走。你们一喊"抖"，我就知道我的爸爸妈妈来了，我就跟你们回家。

他因想出办法，眼睛又笑得眯起来。

而我哭了，我想是时候写这个故事了。

一个自然生长出来的故事，一个偶然开头，孩子却让它发芽开花结果的故事。

一个真正由天使赐给我的故事，我只是记录者。

开学第一课

　　小朋友坐在电视机前目不转睛，他捧着酸奶，小勺起码一分钟没动。这一次，我没有打断他。

　　让他目不转睛的是老师布置的作业，今晚八点，准时收看央视一套《开学第一课》。

　　后天，小朋友就要作为真正的小学生，端坐在课堂，右手压左手搁在桌上。

　　想回答问题，就举起右手，左手还得平平整整地放着，两手呈九十度角，"像奥特曼那样"。上完预备课，他兴奋地向全家每个人演示了一遍该动作，每个人都想笑，却忍住不笑，鼓励他："宝宝，你真棒！"

　　"不要再喊我宝宝，我已经是小学生了。"小朋友皱着眉，噘着嘴，下巴呈现出一个桃核状，郑重其事地抗议。他的眉心鼓着个"1"，奥特曼的手势却忘了放下。

　　现在，电视机中，令他目不转睛的人，是个二十多岁的姑娘。

姑娘是位军人，戴黑框眼镜，胸口别着许多勋章，一身戎装。"这个姐姐看起来好威风啊！"小朋友赞叹。"噢，宝宝，"我纠正道，"准确地说，这叫英姿飒爽。"

这时，电视机的大屏幕套着舞台中央的小屏幕，小屏幕上闪烁着观众陆续、随机输入，毫无规律的十五组数字。全部录入前，姑娘被蒙住眼和耳，录入完毕，主持人何炅解开她的眼罩、耳机，让她稍事休息，而后仪式感满满地喊："开始！"

几乎在十五组数字全部出现在眼前的瞬间，台上的姑娘就秒算出它们的总和。她迅速把身体扭向观众，将总和写在她手中的白纸板上；正确答案已经公布，是七位数，就在她背后的屏幕上，全国观众都能看见，只有她不能。

"这姐姐叫什么名字？她算得对吗？"过程中，我家小朋友只跟我说了这么一句话。说话时，他的眼睛还始终盯着屏幕。

我看了下字幕，拿手机搜了下，在他耳边配合解说："这个姐姐叫王桐晶，是数学天才，曾获得世界珠心算比赛的冠军，今年才23岁。据说，她在进行训练时，写过的卷子能铺满100间小学教室，就是你后天要上课的那种。我觉得她一定能算对，有天分，又勤奋，怎么会不成功？"

小朋友脸上的表情很复杂，我数了下，惊讶、钦佩、崇拜、向往，共四种。

电视屏幕上，王桐晶手中的数一个一个缓缓揭开，与正确答案一一对应。

每露出一个数，就惊起一滩鸥鹭，噢，不，是一群小朋友的欢呼。

这欢呼具有穿透力，穿过屏幕，穿越城市，直达万家灯火中的一盏；最后一个数揭幕，整组数字证明准确无误，我家小朋友从客厅沙发上一跃而起。在水晶灯下，他双手挥舞着瓶装酸奶和小勺，口中不停地喊："耶！耶！"

听这欢呼，仿佛夺冠的人是他，获得掌声的人是他，实现光荣与梦想的也是他。

"七位数障碍闪电珠心算，挑战成功！"主持人何炅也面带荣光，燃烧着激情宣布。

接下来的节目，是其他行业、职业的杰出代表上台谈梦想，谈奋斗。

我家小朋友明显还沉浸在见识到王桐晶完美表现的兴奋中，他喋喋不休，充满疑惑，连连发问及感慨："王姐姐为什么看一眼就能算对呢？""她为什么要写一百间教室的试卷呢？""她真的比计算器还快啊……"

我能理解小朋友的兴奋点。他上过众多早教班，所有学科中，他对数学最感兴趣，对数学好的人发自本能地喜欢。

今晚，他是找到偶像了。

问题问完，情感抒发完，小朋友默默舀着瓶中的酸奶。

瓶子空了。他还握着，过一会儿，他悄悄贴近我耳朵："妈妈，你说，我有一天能像王姐姐一样，站在台上做数学题，大家都看我，我做得又快又对，做完一亮答案，大家都为我喊'耶'，为我鼓掌吗？"

他有些不好意思，害羞、期待、不确定又坚定的表情，在他的脸上一闪而过，也共计四种。

"能。"我毫不犹豫，没有犹疑。

我忽然想和他分享一个类似的夏天，一个孩子类似的提问。

"宝宝，你知道，妈妈是怎么想起来做现在的工作的吗？"我摸着他的头。

"不知道，"小朋友挣脱我的手，再一次郑重声明，"我不是宝宝了！"

"好，一年级的小同学，"我改变称呼，"三十多年前的夏天，幼儿园结束的夏天，即将升小学的夏天，就是你现在的这个夏天。我的爸爸、你的姥爷，给我讲过一个故事。故事是《史记》中的，说一个大英雄，名叫项羽，他打了败仗，他将他的马托付给一位划船来救他，但被他拒绝的老翁。而后，项羽在江边拔剑自杀了。那匹马有个著名的名字，叫乌骓马。乌骓马已经上了船，船划到江中央，它一回头，看见主人死了，便长嘶一声，也跟着跳江。落日如残血，老翁站在江中那只小船上……那场面让我动容，你姥爷说到这儿，我哭了。哭完，你姥爷问我，这故事好吗？我说好。你姥爷说，写故事的人叫司马迁，他写的故事让很多人哭了。然后，我问了和你差不多的话。"

"你问什么了？"

电视里，一群人在玩游戏，男生女生身体灵活，蹦着跳着；小朋友边看电视，边听我说故事。

"我问你姥爷：'我以后也想做司马迁那样讲故事让人哭的人，可以吗？'你姥爷斩钉截铁回答我，当然可以，司马迁那种人叫作家，他的工作叫写作。"

"司马迁？司马迁？那你长大后比司马迁厉害了吗？"小朋友第一次听到这个名字，来回来去念了好几遍。

"没有。司马迁是一位伟大的人物，无人能超越。但我很感激他，他让我很小就知道人生的一种可能性，我最想得到的快乐是什么。"

"什么意思？"

"妈妈的意思是，你见过很多花，发现自己最喜欢哪一朵，才会想变成哪一朵。你喜欢那朵花，因为美，你才想变得美；你喜欢那朵花，因为香，你才想变得香；你喜欢那朵花，是因为它能做药，你才希望自己浑身是宝……你喜欢刚才电视上的王姐姐做数学题做得快，大家为她拍巴掌拍得手都红了。那种聪明、淡定，穷尽脑细胞带来的愉悦和闪闪发光……"

"我也希望自己做得快，做得对，大家为我拍巴掌拍得手都红了。"小朋友打断我，脸比手先红。

"是的，这就是偶像的力量。我们未必最终能成为偶像，但要感谢偶像及时出现，很早出现，终于出现。他的出现，会给我们指引。"

小朋友不再听我说话了，以上是我的自言自语。

晚会的表演已近尾声，在《少年中国说》的合唱中，我家小朋友正手忙脚乱地拿着一块白纸板，站在客厅中央，模拟着天才王姐姐站在舞台中央。他逼家中所有人给他出题，等他算完，看着他表演。

祝他如愿以偿。

祝他找到偶像。

祝他真的上懂了开学的第一课，埋下一粒种子，叫理想。

第二章

别把时间浪费在情绪上

当所有的负面情绪都能用价格、次数等方式量化，你就会尽可能降低它出现的频率。消除它，你就掌握了你的心情，你的生活。

别把时间浪费在情绪上

一次活动，提问环节，有位大学生抢过话筒。

她问台上的我："如果回到十年前，你最想告诉那时自己的话是什么？"

我也拿起话筒。

沉吟一会儿，我说："标准答案是'早点买房'。"

现场爆发出一阵笑声，但我没说完：

"可十年前的我应届毕业，即便有买房的意识，也没有足够的收入。所以，如果我能回到十年前，给那时的自己一句忠告，一定是'别把时间浪费在情绪上'。"

笑声渐渐止住，阶梯教室一片肃静。

我对着一排排年轻的面孔，如对着十年前的自己，回顾。

十年前，我研究生毕业，在北京做一份出版社编辑的工作。

看似体面，实则压抑，老牌国企的暮气，如单位的长廊一样。

每天下午四点，唯一的光源只有走廊尽头的一扇窗，灰尘在阳光下舞蹈，红木地板上铺着同色地毯，阴郁、深沉，而在这地板之上的人们闲聊着，都在等待下班、等待退休。

努力策划的选题总也不过，不过的原因通常有两种——
市场上已有的，我们在重复，不能做。
市场上没有的，未经验证，也不能做。

初出茅庐的锐气在几次碰壁后，消失得近乎无。
杂务很多，成果很少。办公室里的年轻人常常在着急忙慌地完成领导一时兴起下达的命令后，面面相觑，不知道明天又要做什么，而未来在哪里。

我还记得，每天晚上回家的抱怨。
说是家，其实是我和校友张合租的小屋。
刚工作的我们都有怨气，一说起就忍不住叹气，好几次我们都流泪了，但又互相羡慕——
我羡慕张在电视台做编导，做自己喜欢的项目。
张羡慕我有编制，电视台迟迟拖延她的相关待遇，令她气馁。

更多时候，我们不发一言，各玩各的电脑。张看电影，我泡论坛，愁眉苦脸，焦虑着度过一夜又一夜。

最焦虑时，我不断刷新招聘网站，看有无合适我的工作可以换。但其实徒劳，我和单位签了五年死约，作为解决户口的代价。

最焦虑时，我不断研究有关法律条令，如果违约，我需要赔付多少，研究明白也就绝望了，那实在是初入社会的我难以承担的。

最焦虑时，在外地做驻站记者的男朋友回来看我，我免不了扑在他怀里大哭一场。

最初是安慰，而后是不耐烦，在假期结束前，他终于疑惑地问我："你与其在这儿哭哭泣泣，为什么不干点实在的事儿？比如，你从前在学校时，写了那么多文章，现在呢？"

是啊，读书时，我在各式BBS上写连载，曾每天五千字，最多的一天写了一万二千字，连这个男朋友都是从粉丝变成恋人的。

"现在呢？"

男朋友又回驻地了。

毕业两年后，我才重新拿起笔，把一度长吁短叹的时间用来写作。

一夜又一夜。

写作之路异常顺利。

我很快在一家报纸上开设专栏，继而在各式期刊上都能看见自己的名字，等我终于可以换工作时，顺利地去了其中的一家。

心情也好多了。工作碰壁时，觉得人生没有希望时，我就打开办公桌的抽屉，看样刊、样报上的名字，鼓励自己："你还是有优点的。"

后来，我竟发现，其实心情也没有必要不好，那些在本单位没有办法做的选题，只要认真、努力地准备过，用别的方式在别的单位也能开展。

后来，我成为一个热爱出版的人。

哎，我浪费了两年时间啊。

"现在看来，那些抱怨、焦虑、抑郁、一夜一夜的互相吐槽是最没有用的。"我追悔莫及，"其实我这十年等于八年。如果能回到十年前，我不会把时间浪费在情绪上。节省那些横冲直撞、唉声叹气的日子，去做改变。越早，相信我的今天会越好。"

他们鼓起掌。

掌声稍歇，刚才提问的学生又站起来了。

"可是，有时真的很难过啊，情绪堆积时，如何排遣情绪呢？我们又不是木头人。"

我笑了。

"去解决问题，不知道怎么解决，就去阅读，去写，去运动，做一切可能做的事儿。找一张白纸把能想到的、马上能操作的，列出来，一一实现，就是不能让自己闲着。做才能改变，抱怨和哭都不能。"

那一刻，好像十年前的自己，真在面前。

祝她好运。

坏脾气妞进化记

我脾气不好。

我妈脾气也不好。她还总回忆她小时候，我姥爷常说的话："这几个孩子，老大最有脾气，我最喜欢。"

我想，他们都误会了，以为"脾气"和个性是一回事，但误会太深，她又润物无声，导致我从不觉得坏脾气是个事儿。于是，我的整个青春期，我们母女间的相处方式就是对抗。

那时，我的身上常一块青一块紫。

一日，邻居阿姨来串门，疑惑为什么已是盛夏，我却不穿裙子。事实上，我连短袖T恤都没穿，长裤长衫将我的胳膊腿捂得严严实实。我妈斜我一眼："你问她！"

阿姨以为我考砸了。我气呼呼回："没有。"我妈也气呼呼："我从不为学习揍她，都为顶嘴。"

是啊，顶嘴。

一言不合，我就觉得受了天大的委屈，浊气上涌，喉头腥甜，不自觉提高声线；盛怒时，我的每一根头发都似刺猬的刺，立着，用只有我能听到的声音喊：戳出去，戳出去。

又一日，类似事件发生。平息后，我在卧室写作业，只见我妈拎着斧头冲向阳台。她经过我时我真的有些害怕，可她最终冲向阳台那棵无辜的葡萄树，树倒了。晚上，我爸问起，我妈淡淡说："那一刻，我不砍树，就要……"她看看我。

我的堂弟也有类似回忆，可见我得我妈真传。

那是我高考完去参加外语口试，路上发现准考证没带，便打电话回家，让在我家过暑假的堂弟送来。但等到口试结束，我都没见到堂弟的身影。这是一生一次的机会，而他给我的解释是"玩忘了"。

我的头上又立起刺猬的刺。

我一言不发走进厨房，双手握住菜刀的柄，在案板上"当当当"空剁了半小时。等我发泄完，一回头看见堂弟瑟缩在门口，还时不时往里望。当晚，他就向我三婶要求："妈，我怕，想回家。"

等我谈恋爱，历任男友都看过我决绝的背影，"一扭头就走"是标配姿态。

"扭头"的理由不一，什么忘记某个纪念日啦，什么多看了别的女生一眼啊。有一回是因为点的菜不对，"明知道我不吃什么，偏点什么，可见你心里没有我"，我拎起包就走了。

历任男友都哄过我，但结局不同：有人后来任我决绝，也有人被开发出坏脾气，每次发现不对，就先发火，先走。

我最终和总点不对菜还学会"以暴制暴"的男朋友结了婚，一开始，大吵三六九。

最激烈的一次，我们把能摔的都摔了，他指着新买的手机："有种，你摔它？"我毫不留情，抓起手机掷出窗外，他又指着电脑："有种，你摔……"话没说完，我就奔向电脑。他不敢再战，冲刺般抱起电脑夺门而去。

我也夺门而去。路上，碰到一只土狗，我没好气地踢它一脚。谁知，那狗一跃而起，咧着森森白牙追我。我从没跑过那么快，穿过菜市场，还翻过一个栅栏，腰跑得近乎断了——我的坏脾气被脾气更坏的教训了。

当然，这不是唯一的教训。

大学同学聚会，有人回忆，我和一个男生发生口角，把人家灌满水的热水瓶扔了。回忆者半开玩笑半认真地说："他就是让着你，你啊，当年真是攻击性性格。"

"攻击性"，我讪讪。

事隔多年，口角原因已经全忘了，可发火的泼辣样留给当时在场的人永不磨灭的印象——忒不值了。

还有给当事人造成心理阴影。

堂弟在二十五岁生日宴上，带回了女朋友。女朋友称呼我"××

最怕的大姐"，××即堂弟。"我说过，你差点把我杀了。"堂弟提起那个夏天、那阵"当当当"，我听着，怎么都觉得我是他人生中第一个磨难。

还有不得不去道歉。

盛怒时那些立着的刺终究会软下来，它们常佐以盛怒时流下的汗一缕缕贴在头顶，提醒我收拾残局。

有些人决绝就决绝了，有些人还得继续往下过。

比如，我扔了，又被迫赔人家的新手机；比如，无数次在微博、微信厚脸皮发出的求验证私信："你好，我是你夫人。"

还有对自己能力之外造成的不信任。

认领一项重要工作时，领导对我不断重复"要磨磨性子"，他说了好几遍，我都想顶撞他了；生完孩子，我被家人质疑："你的脾气，能带好孩子吗？"我一扭头不理他们了。

最近一个深夜，楼上传来争吵声。

声音大的明显是女人。

伴有啜泣，不时有打斗。突然，混乱中，一阵寂静，我连忙把窗户关上了——

这是我熟悉的套路，短暂的寂静意味着更大的风雨。

果然，噼里啪啦……

隔着窗户，瓷器在地板上破碎的声音仍如在耳边，难道连窗子一起砸了？

而孩子蜷在我怀里，我们坐在沙发上，胆小的他又被吓着了。

"妈妈，楼上的阿姨在干吗？"

"阿姨在生气。"

过一会儿，孩子捧我的脸，讨好地说："我妈妈也爱生气，可我妈妈不乱摔东西，大声说话。"

我朝天空翻了个白眼。

怎么欣慰中，有些悲凉呢？

我像刘备久不上马，捏着松弛的大腿般，慨然想起过去——

过去，我放声大哭，一定要拉开窗户，让全世界感受我的怒意，可现在，被教育，被以柔克刚。

最关键的是，廉颇老了，真的没气力怒了，坏脾气也有进化记。

给我一罐巧克力糖

1

一个周末的下午，我接到一通电话。

在此之前，我靠在沙发上，腿上搁着本小说，热茶离手十厘米。阳光明媚，岁月静好。

电话打破了这一切。

对方是位熟人，声音尖锐，口气不容置疑。她质问的事儿听起来可笑——

一个项目，我们曾共同竞争过；之后，我动了场小手术，自动退场。现在，项目进入第二季，甲方通知她不用继续了，她理所当然地认为是因为我的介入。

"你真卑鄙！"挂断电话前，她愤愤道。

自始至终，我都没机会插嘴，我忙着在她激动的表达中拼凑事件的经过。

说实话，如果不是她告诉我，我根本不知道项目还有第二季，更不知道她与此绝缘。

等我反应过来，拨电话过去，她关机了。

我再发消息，对话框内弹出一条淡灰的字条，显示我已被屏蔽。

委屈、愤懑、莫名其妙。

我气得在房间里来回踱步，小说扔在地上，同时被扔的还有沙发靠枕。

一个美好的下午，就此浪费。

等我绕了几圈，绕回沙发前，看见茶几上有一罐糖；我大力拧开盖子，抓起其中的一颗，撕破糖纸，塞进嘴里，咬牙切齿地嚼。瞬间，平静了。

糖，没有任何特别。

只是，大力咀嚼下，硬的糖衣里流出软的巧克力浆液，在舌尖铺开，有点凉，让我的口腔快速降温。

我忽然想起，这罐糖还是我过年时买的年货，今天才吃第一颗。

"好吧，以此纪念，新年以来，我第一次生气。"

"可我为什么要生气？为别人的过错买单？别人发神经，说一句，我就头昏、脑涨、心悸、浪费时间？"

我看看糖罐的包装，"八十颗"，再看看日历，新年过了十八天。

我握着糖罐，暗暗发誓——

"今年，我生气的配额就是八十次。发一次火吃一颗糖，发完就得忍耐；没用完配额，就自我奖励，立此存照。"

再想想刚才发生的事儿，我竟笑了——

"为一个莫名其妙的人，我已用掉一份配额，不是更莫名其妙？"

我决定，不生气了。

2

那罐糖被我放在房间最显眼的位置上一年。

说来奇怪，自从计数，我便小心使用配额——

一个员工入职十天就消失了。

几天后，他发微信给我："觉得回老家做微商更有前途，不如一别两宽，各生欢喜。"

那是半夜，我被手机的提示音惊醒。我怒从心来：不靠谱的人怎么这么多？又惭愧：为什么面试时，我竟判断他是靠谱的？

黑暗里，我披衣起床摸索糖罐，酝酿着严厉批评的措辞。

"为不靠谱的人大半夜吃颗糖，值得吗？"就要撕开糖纸时，我悬崖勒马，"该咋办咋办，明天再办，对我来说，也是个教训。"

我竟单纯为怕胖，节制了怒气和表达。第二天醒来，又觉得好像并没什么，除了继续招聘，没有什么更需要烦恼的。

悬崖勒马的不止这一次。

一日，老公打游戏至凌晨三点半，久唤无效，我打算好好发一场火。

糖纸已经撕开，拳头已经捏白，想想还是不值得——为任何人半夜吃颗糖都不值得。于是，我走过去，把糖挤进他的嘴里，也算一种报复，而他惊恐莫名，完全摸不着头绪，吃完糖洗洗睡了。

以此类推，好几次我想发火时，干脆向对面的人说："先吃颗糖吧。"

对方反而先缓和。

有时没缓和，因吃糖停顿、冷却的片刻，双方也仿佛冷静了，继续谈或不谈，却不会选择吵。

还有好几次，我有足够的理由发起怒火，烦躁得想横扫桌面。我开始吃糖。

巧克力汁液"噗"地在舌尖流出，糖软了，人也不由得软下来："算了吧。"

令人愉悦的甜也在呼唤："没那么糟糕""何苦呢？何必呢？"

这些声音一再提醒我，拯救我。

于是——

要不要吃糖，成为一种衡量。

决定剥开糖纸，像一个仪式。

咀嚼，是给自己最后一次思考的机会。

凝视糖罐，计算糖的耗损，成了吾日三省吾身的方式。

年底结算，我的糖罐里还剩四十六颗糖，全年共计动怒、不高兴、生气三十四场。有时在吃糖的过程中就决定算了，最终没爆发。

我还统计了类别，因公的，因私的，因某个具体的人的，因误会的，因观点的，因维护权益的……

一些事，必须表明态度。

一些愤怒的宣泄，有助于我的健康。

一些人，老让我不舒服，那就再见吧。

只是，无效的、极端的、纯粹的负面情绪请离我远点、更远点……

3

新的一年前夕，我又去买年货。

我先估算了下，去年剩下的四十六颗糖等于多少时间、精力、生理、心理的舒适度，亲密关系的免受损度；我买了一只价值相当的好包，送自己做礼物。

当然，我还买了一罐糖。我希望它不要被我吃完。

我把糖罐放在案头，我还专门留了一颗藏在随身的皮夹里，以备不时之需。

一天，付账时，一个朋友看见了，他问我："你有低血糖吗？要随身带糖？"

我解释了原委，他哈哈大笑，原来，他也有类似的经历——

"每当我妻子为什么事儿不高兴，我就问她：'你打算生多少钱的气？'等她算清楚，就几乎不生气了。

"比如，她为从超市买了一根不怎么黏的胶棒不高兴，这不高兴值两块；她为我牙膏没从后面挤，而从前面挤不高兴，这不高兴值五块。

"到目前为止，她生过价格最高的气是二百，因为迟到，我俩改签了火车的车次，可那也不值得和我大吵一架吧？实在要吵，我就发个红包给她。"

　　轮到我笑。

　　"其实，当所有的负面情绪都能用价格、次数等方式量化，你就会尽可能降低它出现的频率。消除它，你就掌握了你的心情，你的生活。"

　　我合上皮夹，糖在其中，安然放了好几个月了。

幸福感来自沉迷

　　一个周五的晚上八点，我在衣柜最底层的抽屉里发现一个久未打开的蓝色绒布首饰袋。袋子巴掌大小，鼓鼓囊囊，我捏着它，它发出窸窸窣窣的声音。我一拧袋口的金属旋钮，倒拎袋子往下抖搂，两条金色链身、挂珍珠吊坠的项链，你中有我，我中有你，落在床单上，出现在我的面前。

　　我有些恍惚——

　　它们是谁？来自哪里？上一次和我见面是什么时候？保持这种姿势多久了？

　　大脑一片空白，关机、再开机，我才能完整回答以上问题。

　　答案是，大概五年前，它们被我先后从北京一家珍珠市场购得，一度获我宠爱，朝夕相伴。一次出差，我不慎将它们放进同一个洗漱包，裹在一起一时解不开，一去已三年。

　　怎么办？

　　扔掉？不可能。

　　放着？眼不见，心不烦。见到了，让它们你是你，我是我，就是我的责任。

可是，怎么解？

两粒珍珠坠子头碰头紧挨着，两条金链在吊灯下发着光，如两条蛇不分你我的细碎鳞片，它们挑衅地看着我。

我马上想起我妈，她曾花一天工夫帮我解开过一条笑脸项链，交付我时，毫无笑脸。具体的话我忘了，大意是，以后类似的活别找她，人老了，眼睛不行了。我妈，不能再指望。

我试图靠蛮力撕扯，但"大金""小金"誓死不分开。二十分钟后，我忽然理解《西游记》中赛太岁看着浑身是刺的金圣宫娘娘的郁闷：你（们）是我的，可我啥都干不了，干着急。

干着急后，是干瞪眼。在家靠父母，出门靠大家。我瞪了几秒，给"金娘娘们"拍照，发朋友圈。共计收到几十条建议，分类、整理如下——

一是去卖项链的地方解。

"我解不开的，都这么操作。"周女士振振有词。如果我没有记错，我这两条链子也是和周女士一起去买的。问题是，怎么好意思专门跑一趟柜台啥也不买，只为售后呢？"对啊，所以每次我去解链子，都会再买一条！"周女士体恤店家的心令人钦佩，她又补一句，"有时，不止一条！"好的，我明白了，为啥她在一家店能持续消费、越买越多的终极秘密。"你不是去解链子，是去解闷。"我说。

二是各种偏方。

化妆师朋友提议用散粉搓。

初中同学评论：滑石粉。

大学同学表示：面粉就行。

前同事骇笑：婴儿爽身粉，还剩着吧？

除了粉，油是大热门。

猪油、色拉油、柴油……

有人说，用牙签慢慢剔。

一位阅历丰富的师姐提供经验："我都用针。"

不瞒你说，我周六一起床就试了面粉，还在糯米面粉、高筋面粉、普通面粉中犹豫了一下。为降低成本，我在盘子里先放几勺普通粉，将乱成麻的链子埋在粉中，搓一搓，均匀裹上，两只珍珠吊坠沾上粉更可爱了。一位朋友看了照片形容：真像珍珠疙瘩汤……

显然，"珍珠疙瘩汤"吸引了更多注意力，到周日，很久没联络的 ABCD 都在我的朋友圈现身——

A：慢慢手解吧，你可以一边听网课，一边解……

B：大坠细链解起来就是难，我给媳妇儿解过，注意坠子要想办法尽量固定，链子绕坠解……

C：金属圈相连地方，都有细细的缝，可以用小的尖嘴钳强行打开，摆脱缠绕以后再把拉长的"回形针"捏回圆圈……

D：弄个超声波振动器，功率较大的那种，放在塑料架子上，放进振动器的液体（柔顺剂、润滑油等）中，多振动些时间试试……

原来，我们和故交恢复联系只需要一个人人都能参与的好话题。

三是放弃。

放弃的方式有很多，熔掉是其一；把吊坠揪下，换条链子是其二；以旧换新是其三。提醒我熔掉的朋友，不忘提醒我，"是不是大牌？大牌就算了，毕竟熔掉就看不出牌子了"。

自然不是大牌，可我不放弃的原因来自下一点。

四是当个乐子。

我两手面粉，看着"金娘娘"变成珍珠疙瘩汤时，和发小正语音聊天。我说："解不开啊，但是一点点解，好像离解开又近点时，还挺开心的。"发小劝："就当是九连环吧，还不用另花钱。"

对！一旦认为是免费的九连环，我心平气和、干劲更足。半小时后，珍珠完全变成面疙瘩，前同事问我："解开没？"我豪气冲天："当九连环玩呢！"前同事鼓励我："比九连环值，看图觉得是九连环加十八弯。"

不仅是免费的游戏，当我带着探索的心，找一面窗就着光，以钻木取火的姿态，以铁棒磨成针的信念，一会儿揉，一会儿抻，一会儿用两指撑，一会儿用指甲刮，注意力集中，目标明确。

我有种前所未有的舒泰，一地鸡毛的生活，满负荷的工作，一时仿佛都忘了。眼前只有它们，天地间只有我们。《幸福论》中说，幸福感来自沉迷。解链子，让我沉迷，我离幸福不远了。

我把感受分享出去，更多的人带来更多的相似项目、相似感触——

"记得小时候，帮妈妈解开缠绕在一起的毛线时，整理好后那种喜悦和成就感满满，算是儿时的乐趣。"

"解耳机线，慢慢解开真的有种很满足的感觉。"

"我没事喜欢通过链家上的 VR 进入一个个待卖的房子，为买房，也不仅仅为买房。在看房、选择的过程中，我既兴奋，又焦虑，总结起来是放松。"

"心烦时，我就把家里所有鞋子都拿出来，坐在玄关处，一双一双擦干净、上鞋油，看它们焕然一新摆一地，我的愁眉瞬间舒展。"

"同意楼上，我常在深夜失眠时起床，拿出衬衫用熨斗细细熨烫，把每一条皱褶熨平，我的困意就来了。"

……

我笑了。

一周过去了。又是周六，我妈叫我吃午饭，我把盘子、盘中的面粉，面粉的小丘下深埋着的"金娘娘们"放在书桌的一边，明天继续。

一周以来，我每天有半小时花在解项链上。我津津有味，兴趣盎然；我不疾不徐，乐在其中。

想到只试了面粉，还有爽身粉、滑石粉、散粉、猪油、柴油、色拉油没尝试，牙签、针没动用，超声波振动器、柔顺剂、润滑液还没添置，我不禁期待起来。

我想把"金娘娘们"解开，又不希望它们迅速分开。这不是解链子，我知道，我的感受许多人懂，我们不过是找到了合适的方式解压。

远离让你感到自卑的人

1

从前，我有个上司，能力很强。

他不主动带徒弟，但言传身教，耳濡目染，跟着他的人总能学到许多。

他的履历金光闪闪，业界常有牛人表示与他相识于微时。

他的脾气和他的成就成正比，公司上下，无人不知，他急起来便拍桌子、瞪眼睛，句句话戳心窝。

他最宠爱的膀臂，见了他，腿都直不起来，更别说那些小喽啰、刚入职的毕业生了。"太差了""窝囊废"类似的话，总在他入木三分的业务点评后，做结束语。

一代新人换旧人，他的公司更新换代特别勤。

一个长发女生告诉我，有一天，她下了班，在停车场里迟迟没法启动车辆。一抬头，镜子里长发裹着一张哭泣的脸，"他的每一句话，都让我觉得我很失败"。

更让她受不了的是，一次，她和外地来探亲的妈妈在街上偶遇了他。她介绍："这是王总，这是我妈。"而作为老板的他，不知是否因为对她的工作有意见，竟扬长而去，连头都没冲这对母女点。

长发女生羽翼一丰，就跳槽了。

那天的经历，让她难堪。"他让我感觉自己像一个垃圾"，而从小到大，她都是妈妈的骄傲。

"跟着王总成长很快，但那成长伴随着……自卑、绝望，现在走过原公司，我还有生理反应：不喜欢自己。"

她挑选形容词时，斟酌半晌，我点点头，谁不是呢？

2

从前，我有个女友，几乎完美。一百分的家世、成绩、婚姻，毕业经年，再见面，还有一百分的儿女。

她很努力。

凌晨发布的照片中常是空荡无人的街，"刚下班"；而六点，她又出现在晨跑的路上，与之相配的表情是一只胳膊，做加油状。

好几次聚会，大家喝咖啡，她的电话络绎不绝。

大家把孩子往游乐园一扔，在一旁闲话；她打开电脑，开始工作。晚上再看她的网络空间，正是以我们为背景，她在电脑前的自拍。下面赞声一片，都说她："不浪费一点时间。"

是真不浪费。

终于，她放下电脑，在餐桌上与我们对话。很快，我就在之后的某一天，看到她又联系了什么客户，结交了什么朋友，做了什么新选题。而这些创意、人脉、新鲜灵感，很大一部分是那次聚会中我们无意讨论、她有心记下的。

再见面时，大家便有些不自在。

当她不在时，大家终于爆发了。

"她让我感觉，我不上进。"

"是啊，同样的机会，为什么我没抓住。"

"我的灵光一现，她竟做出了方案。"

"我说认识谁，第二天，就接到她的电话，求介绍，后来他们就单独联系。"

"我们是不是在嫉妒？"

善良的人都在心里为自己画了个叉。

可渐渐地，聚会便没有她，有时是她忙，有时是大家忘了——没刻意不通知，却也不再刻意通知。

直至一个女友告诉我，已经屏蔽了她。

"我总被人说，你看张辉……"张辉即是她。

"你们不是闺密吗？为什么张辉能……而你……"

其实，我也屏蔽了她。

"而你太懒""而你不积极""而你和她同时认识的谁，你没

把握好"……

她像电影院第一排站起来的人，在她身后的都不得不站起来；

只要关注她，类似自卑、自责的情绪就会围绕我。可作为一个成年人，

我为什么要被她左右，不喜欢自己？

3

从前，我见过一对情侣。非常般配，十年感情，即将迈入婚姻。

我参加过他俩主办的沙龙，大腕云集，女孩是主持人，男孩是主

讲人。

沙龙快结束时，女孩致辞，提到男孩，满满爱意，"如果没有他，

这件事就做不成"。

可男孩呢？

后来，我们开过一次会，他俩都在。女孩一发言，就被男孩拦下，

"她说不清楚""我来说""你听我说""是这样的"……

女孩终于什么也不说了。

男孩的QQ签名是"我爱老婆"，各种场合也没见他对女孩有二心。

他今天忽然找到我。原来，试婚纱时，女孩竟向他提分手。

他描述了当时场景——

打扮停当的女孩问："好看吗？"他看了一眼，用一贯的口吻评价："还成，反正颜值本来就不是你的强项。"

一石激起千层浪。或者说，冰冻三尺非一日之寒。

女孩当场脸色大变，将装修时，他对自己品位的怀疑；挑戒指时，他对自己要求的鄙夷；路边随便路过一个腿长的美女，他都会开玩笑地说："你看你就像一个矮冬瓜。"，这些她心里微微泛起的苦的涟漪都全盘托出。

"想到未来几十年，都要忍耐你的语言暴力，想到你用一句'只是笑话别介意'就可以解释，'一点小事也要生气'指责我，我就没信心继续了。"这是女孩给他的最后一条短信。

"一点小事，也要生气？"他问。

我忽然想起从前的上司，从前的女友，并说给男孩听。

他们无一例外都很优秀，某种程度上，人畜无害，甚至有益。

"一个人不喜欢你，可能只是因为，你传递给他的信息，让他自卑。天长日久，负面情绪累积，他与其不喜欢自己，不如不喜欢你。"

容易自卑的你、我、他，都有这种选择的权利。

一个人怎么过年

几年前，我在北京独自过年。

一个项目不知什么时候能结束，等时间确定，已是腊月二十四。而这时，我才发现根本买不到回老家的票了，与其折腾，不如原地不动。

经过气恼和百般解释的一夜，气恼是对自己的，百般解释是对家人的。腊月二十五，我在朝南的房间醒来，阳光均匀地洒在我的花被子上，"一切也没那么糟糕嘛！"我心想。

当务之急，先要解决生存问题。过年，首先是一个时长起码一周的假期，我把家里的边边角角都检查了一遍，包括下水道通不通，热水器的喷头好还是坏，煤气灶能不能打着火，我甚至把每盏灯都拧开看一看，有没有不亮的灯泡。总之，所有问题务必要在年前预约修补清楚，防止因假期物业不上班，或只有人值班，有事儿没人能帮我的情况出现。

同理，我去门口的银行提前将水、电、燃气卡充好值。我曾有过住所因欠费突然断电的经历，但那是平时，很容易恢复正常。假期特殊，我可不想有乌漆麻黑、在烛光中度假，扮卖火柴的小女孩的体验。

从银行出来，我就去超市了。米、面、粮、油、纸巾、湿纸巾、洗发水、护发素……除了要囤够半个月用的基本生活物资，路过琳琅满目、红成海洋的过年装饰品货架，以及满坑满谷、堆成山的各种大礼盒时，我忽然意识到，过年不能太寂寞，一个人也要好好办年货。

什么是年货？就是过年一定要拥有的标志性物件。在我的老家，年夜饭讲究有一条不动筷子的整鱼，寓意年年有鱼；春节期间，家中习惯桌上放一盆水仙。从小到大，每次过年，我都要买新衣服；成年后，过年前，我都要整理一下发型。

好，即便我现在一个人在异乡过年，没有社交活动，也要烫头、置办新衣；没人造访，我也要把屋子彻底打扫一遍，挂上福字，贴上春联。桌上该放水仙放水仙，该留一盘整鱼到初一，照例年三十就蒸上。

事实上，我以大扫除为起点忙碌起来，就没那么孤独了。生活的舒适能消解一个人的怨念，我铺好崭新的大红四件套，贴上与床单同色的窗花，八格干果盘装满零食，水仙和蜡梅在房间的不同角落绽放。我坚信，年三十，我悲从中来的概率总比点着蜡烛吃方便面，在乱七八糟的房间，因自己的失误没有热水洗澡，没有一件干净衣服，要小得多。

这一刻，我想起我的一个朋友，他是湖南人，土家族。他曾告诉我，有一年，他在新疆过年。大年夜，他一个人待着，却做了六个菜，照家乡的规矩，他倒上酒，先祭祖，再吃饭。他认为只要完成这一套程序，他就还是远在几千里外家族的一分子，天涯共此时。

是啊，我要遵守已形成肌肉记忆的生活秩序，应时而动，严格执行发自内心认可的过年程序。我打开笔记本电脑，建立新文档，列出三张清单——

第一张是菜单。一个人也要好好过年，坚决不吃外卖。根据菜名，我下载了菜谱，补齐所缺食材，又添置几件懒人做饭设备。

第二张是名单。一个人也要认真拜年，家人列在首位，年三十，我要通过视频，让原本等我回去团圆的家人知道，我把自己照顾得很好。此外，我将这一年来，对我有重要影响的人全部写出来。一个人待着，我有充足的时间逐一编辑特色拜年微信，借机增强互动；最重要的人，我还来得及为他制作一个视频或朋友圈的小合集。

第三张是假期节目单。按日做主题：初一，拜年日，这一天，我全用来拜年；初二，活动日，我打算约几个朋友，去后海滑冰；初三，娱乐日，我买了一张 ×× 喜剧团的现场演出票……尽量让每一天都有安排，空出的那天，就把平时没时间做，这次终于可以做的事儿找出来，比如，刷一部剧，或拼一套大型乐高。

那一年的春节，从严格意义上说，我没有一个人过。

当我按节目单发了条朋友圈招募初二去后海一起玩的朋友时，我发现和我情况类似，一个人春节在北京的大有人在。于是，我们七八个朋友，拉了个群，提前约好时间、地点、过年的形式。大年三十晚，我们在小亮家，一个人做一个菜，拼成年夜饭。饭罢，和各自家人视频连线。而后，打麻将的打麻将，嗑瓜子的嗑瓜子，春晚、八卦、游戏、发红包、抢红包，一样没少，别有趣味。

大年初一，我回到家，对着三张单子，做饭、拜年、网购，忙得不亦乐乎。

我有笔预算留给自己买额外的新年礼物，那是因故不能回老家，省下的来回路费。3000 元，我买了一条 3000 元的项链，有种赚到了的感觉。

这是一份特别的记忆。后来，我有过在电视台吃盒饭，在工作中过年的经历，也品尝过远离喧嚣，找一个度假村，只是一家几口，不走亲戚，没有网络，与世隔绝过年的滋味，各有各的味道。

2020 年，在广州工作的表弟良因疫情决定就地过年，不返乡，聊天时，我将以上往事和盘托出，不忘叮嘱——

面对随时可能产生的变化，我们唯一能做的就是把随遇而安当成一个游戏玩。怎样都能过得好，什么烂摊子都尽可能收拾漂亮。

幽默给普通的我带来了什么

一位做幽默课的朋友采访我，关于"幽默"的话题。

我知道我很幽默，但我以为那是民间幽默、业余幽默。但采访者认为，我是她见过最幽默的人。我忽然觉得，这事儿玩大了，我的幽默被专业认证了。

让我认真想一想，幽默是什么？

我理解的幽默，不只是俏皮话，不是截取网上的段子、抖音短视频哈哈一笑，一转发。幽默，应该有审美，有鉴别。经过筛选，你会发现什么有意思，百转千回，越想越有趣。这趣味，是生活经过沉淀，去除喧嚣，仍值得咂摸的；低级的引人发笑的内容，让你亲口说出来都不好意思。

幽默更多的是一种思维方式、一种态度吧，是凡事经我的眼，都要看出笑意；凡事经我的手，都要自带喜感。

为什么要幽默？

因为自己会和自己玩挺重要的。作为一个内心戏表演艺术家，不管外界如何，切换频道、选择节目，全凭我心情，有点任尔东西南北风的洒脱。

沉默时，我就酝酿段子；开口时，我就造就段子；开心时，我就是段子；悲伤时，我用段子当缎子裹紧自己，从而拥有一段华丽的悲伤。

以上都是笑话，实话是，幽默的人喜兴，天生吉利。

你想啊，笑声环绕你，人人见你眉开眼笑。若有神灵，神灵会眷顾你；没有神灵，你周围的人会把你当吉祥物。

不夸张地说，我是我见过运气最好的人。

好到什么程度呢？我有个好朋友，合肥的作家闫红，有一次她出远门，找我借一块钱。因为她听说，找周围运气最好的人借点小钱能保平安。

呵，她真幽默。

而我，真吉利！

幽默为我带来了什么？

爱情。

我是亦舒的粉丝，十几岁时，我在她写的《假梦真泪》中读到一句话："要找个让你笑的人。"

从此，不能让我笑的人，我就没兴趣。

当然，我反推了下，世上的人大概都爱让自己笑的人吧。所以，暗恋一个人时，我就努力让他笑，以此获得了他的关注；在一起时，笑点一致，就有长期共存的可能；找到总会笑的那个点，就找到爱的秘密，围绕那个点做的事都有仪式感，和那个点有关的所有话都是共同语言。

在爱情中，幽默能化解尴尬。换个说法，表露心迹，解决矛盾。

我曾遇到一个男生，自得于才华，他不止一次自称文曲星下凡，理论根据是，他生下来时拳头微微张开，像握着一支笔。每当他提起自己是文曲星时，我就会说，其实我是快译通，"看，咱俩真是一对！"

那些年，作为英语电子字典的文曲星和快译通是两个知名的竞品。每次说起，我们都会开怀大笑，说多了，他就不再提起。

有孩子后，我丈夫曾专门找我谈过一次话。他说，你以后能不能把精力主要放在孩子身上？作为职业女性的我，腾地一下，火就上来了。但转瞬火就熄灭了，因为，我转念一想，继续说："好啊，那说好了，我们分个工，我把精力主要放在孩子身上，你把精力主要放在我身上？"

那天，火变成火把，映红了我们的笑脸。有时，人会一时昏头说出昏话，没关系，你说个恰当的笑话，让他在笑声中，先缓和情绪，再明白道理。明白，既然一个大男人不可能把精力全放在妻子身上，也就明白了，一个同样背负社会、职场、家庭责任的女性，不可能眼里除了孩子啥都没有。

友情。

每个人都是身边最亲近的五个人的平均值。

我和我最亲密的朋友们每天上线就互发笑话，我爱他们爱得要死，爱得笑死。

幽默是我衡量人的一把尺。

衡量性格，幽默的人豁达，尤其是懂得自嘲的，没什么坎儿一定过不去，没什么事儿值得永远介怀。

衡量智商，幽默的人都聪明，因为反应要快；重要的眼需要知识面，你抛出来，他接得住。

衡量趣味，在笑话审美上一旦一致，其他的就没啥大差异了。

所以，你愿不愿分享笑话给我，成为我衡量我们是不是最亲密朋友的标准。

某段时间，人人都在为口罩烦恼时，我的一位挚友气定神闲。她告诉我："别慌，我在孩子的科学玩具套装中，发现了一次性口罩、塑料手套，还有护目镜！"她说，她打赌没人想起来靠囤玩具能解决口罩问题，她截图给我看该玩具的卖家库存。我为她的机智点赞，为她的幽默惊叹。

自愈。

我写过很多文章，收费的。

我写过很多段子，免费的。

免费也要写，是真的喜欢也成了习惯。

从博客时代起，我就每天记录最开心的事，后来，变成微信朋友圈。

我出过一本书，名叫《仅记住所有快乐》。书和段子、幽默都没关系，但我认可这种人生观，是坚决践行者。说起来，你可能不信，我疯狂记录开心事、只写开心事的日子，都是人生最艰难的时刻。

打一场漫长官司时；在一家老旧单位，被欺压时；满脸是痘，每天早上都要哭一场，擦干眼泪，擦上厚厚一层粉才敢出门时。翻一翻那时的网络痕迹，全是开心；全靠记录开心，做心理暗示：今天还不错哦！

昨晚说起那一年的痘，我还和孩子读当时的朋友圈——

"早上起来，脸上爬着一只塑胶恐龙，问孩子，你在干什么？孩子：'妈妈！我的小恐龙要吃早餐，它要吃你脸上的小痘痘！'"

"觉得脸上的痘印好多了，问孩子，是不是？孩子看了会儿说：'是啊，妈妈脸上以前脸上很多苍蝇腿，现在变成了蚂蚁腿！'"

哈哈哈。

保持联系，恢复联系。

我和许多故交能保持还不错的关系，和一些失联许久的朋友恢复联系时，想唤醒记忆，都靠有共同记忆的笑话。

比如，和前同事们，总要提"清明上坟图"。

比如，用一个传神的外号，做暗号。

机会。

是的，幽默还给过我机会。

我做了十几年图书编辑，策划的第一本书就获了奖。没别的原因，我真心喜欢我的作者写的故事。我也相信他写的，人人看了都会笑，笑完会哭，哭是因为深深的感动，他有高级的幽默感。

我还记得我写的第一封约稿信。我说，读研时，每天看您的文章，我总是笑完再睡；现在做编辑，我的职业目标就是能做您的责编。

第二天，那位著名的作家就给我打来越洋电话："你说吧，我有八个稿子，你要哪个？"

我写了十几年文章，第一个像样的专栏开在《中国青年报》，我的编辑从我的博客上找到我，她说乐得停不下来。

我写完几本散文，腻了，老琢磨着怎么转型。起码十家出版社找过我，说看你的朋友圈总写孩子的笑话，不如来个亲子的吧？我真转型，写了童话，出了绘本。

你看，谁会拒绝让人笑的人？这是我对人性的判断。

能让我笑，就会让类似我的人笑。这是我对市场的判断。

幽默为普通的我，实在带来太多。

我关注有趣的人已成本能。于是，我固定交往的人都是我想起来就会笑，去见他的路上就会笑，看见他的头像就会笑，每次遇到好笑的事，就知道他会和我一样笑，连他笑的样子，我都如在眼前。

因为他们，我总有好心情。

我也听到很多笑声，见到很多笑脸。

它们都因我而起。

我曾在大年初一，在一座庙里和家人走散。接电话时，我环顾左右，确定方位，大声嚷嚷："我在王母娘娘这儿！"

经过的路人都回头，看着我大笑。

哦，听起来，我像个天上的宫女。

我曾在中医院，应医生要求伸出左手，却小声嘀咕："不是男左女右吗？"

医生扑哧一笑："我不是算命的！"

瞬间拉近距离。

谢谢你们，让我觉得我如此美好。

幽默是什么？

就是这种美好，开始热闹，平静后仍能回味。

是一把花椒撒得恰到好处，酥酥麻麻，如过电。

正如我的一位朋友所说，幽默最大的好处就是它本身啊。

第三章

白马不会在黑夜抵达

用生活输入，
用写作输出。
用力生活，
如用力奔跑，
故事就会像汗液一样自然分泌。

白马不会在黑夜抵达
——一个时间管理爱好者的失算

前段时间，我回了趟北京。

我在北京生活十五年，移居上海后，每次回京，我都住在一家合作公司长租的酒店式公寓里。公寓用密码锁，我的流程是，与合作公司确定公寓近期有无档期，订票、收拾行李、上车、下车，直奔公寓，轻按密码，"叮"，锁开了。

这次出差，流程依旧。

作为一个狂热的时间管理爱好者，我痴迷于将事与事、时与时安排得严丝合缝。

我订了周五晚上七点自上海虹桥火车站出发，十一点十八分抵达北京南站的高铁票。我的计划是，周五下午四点接孩子放学，五点吃晚饭，五点半打车，六点半到虹桥，十一点多进北京南站。夜里不堵车，我肯定能在半小时内打开位于东直门的公寓大门，顺利的话，零点我就能睡成觉。第二天中午，我约了人，下午有个活动，一切都来得及。

话说，夜里十一点多，我在南站地下停车场，握着手机，和滴滴快车的司机互相确认对方的位置，十分钟后，终于接上头。

　　车内音乐流淌，车窗外，幸福路、陶然大厦、永定门……空旷的街道，熟悉的建筑物，一路畅通，风驰电掣。我忍不住把窗户打开，北京深秋的风，像喷了花露水般，微凉，芬芳。

　　十一点五十分，到达目的地。我拎着箱子，迈过三级灰色台阶，经过玻璃旋转门，公寓前台只有一位六十来岁穿黑色轻薄棉袄的大爷，摆设似的守着。我在空荡荡的电梯间按数字"8"，须臾，门开，通道铺着地毯，箱子的四个轮子在地毯上摩擦，发出沉闷的"嘶嘶"声。

　　此时，十一点五十五分。

　　我在812房门口停下，将箱子立正。我伸出右手食指在密码锁上轻点，第一个数字没有声音，第二个也没有，我一共摁了六个数，摁了六遍，三十六次无声的触碰，始终黑屏。

　　完了。

　　密码锁坏了。

　　我是把门撞开，还是把锁揪下来？我看了一眼手机，三十六次触碰已是昨天的事儿，时钟指向零点五分了。

我拨打对接人赵的手机，关机。

我给他发微信，没回。事后，赵告诉我，他的手机设置了睡眠模式，晚上十一点自动屏蔽所有消息。

当务之急要把门打开，否则，我就要露宿街头了。我扶着箱子的拉杆，靠在812门上深呼吸三十口，决定下楼找门房大爷，看看公寓物业有没有维修人员可以帮忙。

"对不起，今天是我第三天上班。"大爷抱歉地对我说。

"那我能找谁？"我站在前台焦急地问。

"你问我，我问谁？"大爷一针见血。

"你们总部的电话，知道吗？"我决定换个人问。

"对不起，今天是我第三天上班。"大爷又绕回来了。

"你的领导是谁？"

"我们领导这个点肯定睡觉了，要问也是明天。"

"就没有一个值夜班的维修师傅？"我不依不饶。

大爷挠挠腮，抹一把脸，看得出他也在苦苦思索。忽然，他一拍脑门："啊哈！我想起来了！"

"什么？！"我上前一步。

"出门左拐，"大爷拉我走向公寓一楼的后门，一排落地窗外是黑黢黢的街道，"去地下室，下两层，走几百米，你能看见一个小门，喊一声'有没有一个叫老张的'，他可能会修锁。"

"可能？"我惊呆了，喃喃重复着，再去看窗外那一片黑，感觉我跟着指示走，前方就是一条不归路。

　　"不了，谢谢。"

　　"真不去？"

　　"真不去。"我绝望地摆手，眼眶有点湿，不是感动。

　　现在，大爷裹紧他的黑色薄棉袄，在前台桌内，给我腾了一个空位。昏黄灯光下，他貌似关切地安抚我，物业凌晨六点半就有人上班了。我对面的大钟显示，距六点半还有六个小时。

　　我没有棉袄，北京深秋的夜，花露水喷多了吧，渐凉，渐冰凉。我坐在前台内，打了四个电话，给我在北京的四个朋友钱、孙、李、周。

　　钱、孙忙音，李、周电话助手一再提示我："有什么需要我转达的？"

　　过一会儿，钱给我回电话，我描述了我的窘状。他表示，他目前在怀柔集中培训期间，我打断了他，"回头再约吧"。从怀柔来东直门的路程、折腾约等于我坐在前台六小时。孙的电话那头传来孩子的哭叫，我只能接通了，赶紧挂。李第二天早上起来才问我，昨晚你找我？周没理我，过几天我才发现，那晚情急我拨错了，不知道打扰了谁的梦乡……

　　我丈夫倒是第一时间接了我的电话，但他远在上海。他"喂"

声一出，我就哭了，大爷又一次裹紧黑色棉袄。我开着免提："你哭什么哭？哭什么哭？"我丈夫像自动复读机，大爷离两米远频频点头。我简要把事情说一遍，丈夫的声音中传递着他的莫名其妙："你不是应该快速找一间酒店住下来吗？"

废话，求助钱孙李周未果后，我已经订了离我最近的酒店。好在十五年来，我工作、生活始终围绕着东直门、朝阳门这一带，周围环境包括各酒店的距离，干净、整洁、安全程度，我都很熟悉。好在我的手机满格电，身份证、现金、银行卡都放在贴身的口袋。

"那你还哭什么？"丈夫不解，"赶紧去入住，赶紧睡觉，明天起来再说啊！"

我哭得更凶了，我当然知道入住，我打的车也快来了。"我哭，是因为我想不通，万事都提前做好规划的我，怎么会如此狼狈？"

"这是一个好问题，你这么晚到站，你赶时间吗？如果是白天打不开锁，不会发生叫天叫人都不灵的情况吧！"

百无一用是丈夫，我愤怒地摁掉了手机。

出玻璃转门，下台阶，请司机开后备厢，开关车门，拐弯、再拐弯，东直门、朝阳门，门门可罗雀，一个天桥又一个天桥，桥桥无人迹，半夜一点多，我躺在朝阳门全季酒店洁白的大床上，丈夫的声音又出现了："问题解决了吗？"我像汇报工作一样，报完平安，筋疲力尽。

躺下来，我的脑子就清醒了。

我打开大众点评搜索离我最近的修锁师傅，手机屏弹出不下十条24小时上门开锁的。如果我刚才在前台能想起这招，不至于要来酒店，为什么我刚才想不起这招？因为又冷又困又委屈。

约一个第二天九点上门的，倒推一下，我八点必须起来。假设，九点半锁能修好，我得洗个热水澡，换身衣服，十点半出门，十一点半能到北边和人约会的地儿吗？如果第一场迟到了，还赶得及下午两点第二场的活动吗？

在不断计算时间的过程中，我沉沉睡着了。

我被各种提示音吵醒，昨晚没有联系上的人，大清早都频频回应我。

李的语音最有共鸣，边慰问边说类似的经历："有一年，我从海南旅游回北京，夜里两点到西站，外面下着大雨，我一摸兜，钥匙丢了，我用手机最后的电联系和我同住的我妹，她关机了。很快，我的手机也关机了……我只能在车站的长凳上躺了一宿。"

赵的电话内容最有价值。他说："负责我们那层酒店公寓的小伙就住在8楼，他去看过了，密码锁不是坏了，只是没电，换个电池就行。没有电池，连上充电宝充一会儿，也能打开门。"

"这么简单？"我坐起来。

"对，只是因为太晚。否则，我会一直在线，我不在，负责管

117

理的人门也开着，随时能发现问题，随时解决。"

于是，我又把上门修锁的订单退了，回到酒店公寓，阳光洒在我的脸上、箱子上，洒在前台，像一场梦。我按电梯，任箱子在地毯上"咝咝啦啦"，果真，前方，物业小伙带着微笑在门口等我，他把电池换好了。我输入密码时，感觉回到文明社会。

现在是周六上午七点半，比原计划进公寓的时间，整整提前了两个小时。我用一小时复盘昨晚的狼狈，结论是——

事与事，时与时，一定要严丝合缝吗？不，一定要留白，留出充裕的时间空当应付意外。

对，意外。要相信，再熟的地方也会出现意外。为防止意外，除非生死攸关，没什么事值得为省时间而省时间。我不会再有"啥都不想耽误""深夜进门，清早办事"的时间管理强迫症了。因为，深夜绝不是求助的好时段，哪怕是白马王子，也不会有求必应，在黑夜及时抵达。

别给自己找麻烦。

故事就是自然分泌

我靠三千常用字谋生。

从发表第一篇文章到全职在家写作，用了十八年。

我还记得，我发表的第一篇文章是参加了一场诗歌大赛，我的诗获了奖，被收录进一本诗集，诗的名字叫《我愿意》。

那是 2000 年的秋天，我还是名大学生。我从收发室拿到包裹，拆掉重重障碍，翻开诗集，翻到印着诗名和我真名的那一页，真是爱不释手，手不释卷。

捧着诗集，我就去了食堂。

坐在食堂里，我一边用小勺掏咸鸭蛋的黄，一边默默欣赏。

身边的人来来往往，就餐的同桌换了一拨又一拨，鸭蛋的壳被我的勺子刮得快破了，我的视线还在那张纸上。终于，清洁工来喊我走，因为到了清场的时刻。

处女作的稿酬是多少我忘了，但发表的喜悦终生难忘。

大学毕业后，我做了两年老师，再后来，我去北京读研究生。

我的专业和文学无关，但我没有一天不和文字相伴。

2019 年年初，我写了一篇小说《立水桥北》，写的是十年前在北京买卖二手房亲历的一桩官司。小说发表在《啄木鸟》杂志上，责编谢昕丹在编者手记中写到：

"2004 年的一个清晨，天边露出鱼肚白，一阵噼里啪啦的键盘声，伴着缕缕茶香，清晰细腻地飘入耳畔。特特又在写稿了！躺在上铺的我睡眼惺忪，脑子却很清醒地告诉自己：文学是个好东西，熬夜却是玩不起的。"

是的，编辑就是我的同学，她写的正是我们的学生时代。

那时，我一夜一夜不睡觉，不计回报，在某论坛写稿。似乎，能得到很多评论、很多赞，版主能给我戴朵小红花，就是写作的目的。今天想来，其实，我是在找认同。

我很感激那段经历，虽然我并不是网络作家，但我们这一代，谁的成长能离开网络呢？最初在网上，遇到一点点有趣的事儿就会写下来，得到一点点鼓励，就会废寝忘食地持续更新。因此得到的第一波所谓的粉丝，让我有了从业的信心，也训练出每天都要写的习惯。

是啊，每天都要写。

直到今天，除非出现重大变故，除非爬不起来，每天一定要写。

这并不容易。

在成为一个全职作家前，我有一份需要坐班的工作，生活逼着我们不断向前，马不停蹄。

在打一场很磨人的官司时，挂掉法院电话，回到书房继续写。

频繁出差的时候，趴在火车的小桌子上写。

怀孕七个月，为了赶稿子，熬夜写。

生完孩子后，没办法维持白天上班、晚上写的节奏，我每天中午在单位附近开两个小时的钟点房写。

后来，自己经营公司，我把所有要见的人，约在同一个地方；每两拨人出现的间隙，我会打开电脑抓紧时间写。

经常有朋友问我：既然那么忙，为什么还要写？

一开始，当然有虚荣的成分，觉得自己擅长这件事；这件事能让我和别人不同，我希望博得众人的交口称赞，收获名和利。

但那不是持续的理由。

持续的理由是，写作让我幸福。

我在三千常用字的排列组合、调动摆弄中，获得了巨大的快感。

我总是琢磨如何将故事表达得更准确，更动人，更美。在琢磨中，注意力集中，人始终处于专注的状态。

好几次，我在火车上写着，一路风景飞驰像不断变化的背景墙，低头时，太阳正大；抬头时，月已挂在天边。我心里不禁浮现起一句诗"不觉碧山暮，但闻万壑松"，真是一种美好的体验。

幸福不就是沉迷吗？

写作，让我感受到沉迷。

一开始，拿起笔，打开电脑，会想，今天写点什么呢？

一旦形成习惯，写作就像呼吸一样，到点，就要拿起笔；到点，经过的、见过的，有意思的、有意义的，就会自然倾泻于笔端，像用力奔跑后体液的自然分泌。

是的，自然分泌。

十八年后，我全职在家写作后，这体会更明显。

2017 年 7 月，我必须在工作和写作之间做出选择，因为时间和精力实在无法两全。

我曾经渴望，有完整的时段去写。

在我身兼数职时，我想出很多办法进行自我管理，时间的、社交的、情绪的……我穷尽脑力做平衡，工作、爱好、家庭……

可是，真的生活只剩下写作，不用上班，不用见很多人，不用说很多话，不用忙叨叨，日子变得纯粹，却也显得苍白。

我陷入巨大的焦虑黑洞。

最害怕的是，全部的积累都写完了，怎么办？

像我这样写身边人、身边事，写现实，描摹生活花纹的作者，如果不忙，就没有什么可写；不跑，就没有自然分泌。

还好，我从事出版工作多年，经过职业的刻意练习，做预算、订计划、盯进度成为做事的基本方法。

我像管理一个个项目似的，管理每一个想写的作品，我先把它们都列出来，做表，填上时间，分配工作量，想好平台和渠道。

算完原有的积累，还能支持几年；剩下的就要考虑，如何继续奔跑，继续忙，忙什么，才能维持自然分泌好的创作状态。

事实上，全职写作后，我比过去更忙了。

我参加很多活动，做策划、做嘉宾，尝试新鲜的创作，甚至还给做音乐的朋友写过歌词。在知识付费时代，我还忙着在各地上课，在各个线上 APP 做直播和录播。

朋友们问我的问题，也变了：既然要写作，你为什么搞得自己这么忙？做那么多和写作无关的事儿？

我只想说一个例子。

前几天，我出差，和一个当红的主播做对话节目。去之前，我对他的印象只有帅、口才好，以及"麻辣情感教主"的江湖称号。

去之后，我收获了一个故事。当红主播告诉我，他辛苦拉扯大的妹妹，在大学毕业后，不到半年的时间，出车祸去世了。他因此得了抑郁症，病好后，他寄情于网络电台。现在，他有3000多万女粉丝，他把这些粉丝都当作自己的妹妹，出主意，教对策。他是情感教主，但也是女粉丝心中的"国民哥哥"。

他很享受"哥哥"的称呼。

我心情复杂地做完节目。

按部就班地进行出差日程中的各种活动。

我又吃了几次饭，又过了几个夜晚，等我结束全部的行程，上火车，风景在眼前飞驰而过，当红主播的身影挥之不去，他的故事我无法忘记。

我拿出电脑，记下他，像之前用笔记下每一个人物。

作为成年人，我们的本能比我们的理智能想象得更理智。

因为本能已混杂了诸多过往的经验，形成自动筛选的体系。

一些人，一些故事，被我们撞上，不用刻意采访，不用着意地想我要怎么写他。让他和他的故事沉淀，如果你忘不了，那就是你的大脑在自动筛选；你忘不了的，在一个合适的时机会呼之欲出，细节跟着细节，细节不全的会自动补全，前后细节连起来会自成逻辑，它们抓着你的手写下来，就是自然分泌。

那天，我发了条朋友圈，它代表了我的写作观——

你必须很忙碌，忙许多和写作完全无关的事，借那些忙碌，见很多人，见很多世面，见很多奇葩，见很多平淡无奇甚至无聊的生活状态，而后发现背后意想不到的波澜壮阔。忽然有一天，你不忙了，你想起它们，或者在书房，或者在火车上，你掏出笔，你打开电脑，总之你停不下来，不用思考，它们不请自来。这时，所谓的创作，不过只是记录。

这就是我想和你分享的，用生活输入，用写作输出。

用力生活，如用力奔跑，故事就会像汗液一样自然分泌。

生日发布会

离八岁生日还有一周，我问洛洛，想要什么礼物。他脱口而出，办个生日聚会。

“还有呢？”我问。

“没有了。”他斩钉截铁，双眼含着渴望。

“那你想请多少个小朋友呢？”我又问。

“三十七个。”

我大惊。洛洛的答案是，全班三十八个人，除自己外，都是好朋友。

当天晚上，我想了又想，关于办不办生日会、怎么办。最后决定，办，给孩子留个美好纪念。但办，不能只有我一个人操劳，孩子必须参与其中，他才有收获。

第二天是周末，我起床，先绕全家三周，数了数椅子有多少把，餐桌有多大，可自由活动的区域能容纳多少人。结论是，刨除小主人洛洛，只能请九个小朋友。

我再从可请的人数倒推，让洛洛拟定名单。他噘着嘴，从三十七个同班同学中，精挑细选出九位，用铅笔把名字一笔一画写在白纸上。

根据名单，我们一一询问想请的人是否能出席。

果然，在联系过程中，我们发现不是每个想请的小朋友都正好有时间。每当遇见一个小朋友不能来，我就提醒洛洛在名单中将该小朋友的名字划掉，而后，再从没邀请的同学中选取一位，及时补缺。

终于，确定完名单，我将家长们统一拉到一个微信群。

在群中，我分三次通知大家，生日会的时间、地点、交通方式。第一次是在刚拉群时；第二次是在生日会前一天，并再确定一次，是否能出席；第三次是在生日会开始前几个小时，提醒大家动身。由于家里容量有限，我不希望家长们在我家逗留太久。于是，我说："大家把孩子送到我家，就安心去玩吧，生日会结束时，我会告诉大家。"

以上事务，零敲碎打，花了两天。

从丈量场地、估算人数、拟定名单到拉群通知，我都有种说不出的熟悉感，仿佛这件事已经做了千百次；节奏明确、任务清晰，节奏写在骨子里，提醒我，下一步该怎么做。

以下事务，熟悉感就更强烈了。

花一个白天的碎片时间，确定生日会需准备的事项，包括菜品、礼品、娱乐、装饰等。

即生日会当天，孩子们吃什么、玩什么，小朋友们送了礼，洛洛要回礼，回礼回什么？家里要不要做相应的布置？

再花一个白天的碎片时间确定预算。

也就是，我愿意拿多少钱来操办这场生日会，根据预算，逐项分配。我设置了3000元的预算，蛋糕400元，饭菜600元，回礼500元，装饰及环境布置600元，剩下900元，根据后期需要，随时采买、添置、实现。

花一个晚上想如何布置。

过程中，我意识到，最轻松的办法是让主题统一。

即背景墙、桌布、餐盘、生日蛋糕，生日那天孩子穿什么，都用一个主题。我打开淘宝，洛洛在我提供的诸多选项中，选择了奥特曼主题；几乎同步，我在群中通知各位家长："请大家都按奥特曼主题打扮。""拍合影时会更精彩噢！"

再花一个晚上一键下单。

除奥特曼系列，气球墙，从淘宝上定，200元，生日会前三小时上门安装。

专业的生日小丑，从淘宝上订，400 元，上门表演一小时。

回礼也选好了，每个小朋友一套卡通图案的毛巾礼盒。除此之外，我和洛洛达成一致意见，礼品袋中再放一张他手写的答谢卡，我为洛洛写的一本绘本。

接下来，我列了一张流程表。

有生日会前的准备流程，还有生日会当天的流程。

我打算在晚上六点到九点举办生日会。吃蛋糕、点蜡烛、吃饭，一个小时；小丑表演一个小时，剩下一小时，我把能想到的娱乐项目都列了出来。配套的玩具，如五子棋、乐高、游戏机等，在生日会前要摆出来；没有的，马上去买。

流程表中，我先圈出孩子要参与的环节，完成一项，打一个钩。

拟定名单环节，已完成，打钩。

邀请小朋友环节，已完成，打钩。

回礼、环境布置的主题环节，由我提供选择项，他选择，已完成，打钩。

菜品环节，进行中，未打钩，"去想想，你的朋友们喜欢吃什么，想好了，告诉蔡阿姨"。蔡阿姨是我家雇用了好几年的钟点工。

此外，生日会当天，摆盘子、铺桌布、站在门口迎来送往小伙伴，也由洛洛负责，待办，未打钩。

再圈出家中每个人参与的环节。

生日会当天，洛洛爸负责为家长们指引路线，接待装气球墙的工人和小丑，拍照、拍视频。

我负责维持孩子们秩序，提前通知蔡阿姨加班和她需要做哪些事。

在各项流程中，我标注了时长、任务、责任人，让每件事都有时间节点。

生日会前一天，全家开了会前会，一家三口加上钟点工蔡阿姨，人手一份流程表。

"哇！"洛洛对着第二天从下午三点安装气球墙到九点站在门口送小朋友的个人任务清单发出惊叹。

蔡阿姨忙着看自己究竟要干哪些事儿，流程表外，我专门给她列了张菜单。

洛洛爸疑惑地问我："你这是要开发布会吗？"

对，我豁然开朗，熟悉感、按部就班的源头找到了。

全职写作前，我十几年的职业生涯几乎都在做出版，文字编辑、策划、产品经理，从负责一个部门到负责一个图书公司。在我这个行业，我能进入的环节都进入了。

全职写作后，如果不提我的案头工作，日子几乎和全职妈妈们的并无不同。

然而，职业、经历，会变成做事的本能和思维方式——

拉群、分三次通知，是图书发布会前与媒体联系的节奏。

流程表、时间节点、任务到人，责任到人，是筹备发布会的习惯。

回礼是每场发布会后给各位嘉宾纪念品的潜意识。

原来这些，即便我回家工作了，也改不了，扔不掉啊！

生日会那天，忙而不乱，活动圆满成功。

小朋友中有一位已经钢琴十级，她弹奏着《祝你生日快乐》，洛洛站在同学中央，吹蜡烛、吃蛋糕，蔡阿姨在一旁添饮料，洛洛爸忙着拍视频。视频镜头中，十个打扮成奥特曼的孩子一片欢声笑语，洛洛笑得像花一样。

我不在镜头中，全程我站在一旁，像民国"百乐门"舞厅的经理，观察全局、统揽全局、保障全局。比舞厅经理多做的是，我不时在搁在一旁的流程表上打着钩。

这一幕，确实发生过很多次。

发生过十几年了。

发生在我参与过、出席过、操办过的上百场图书发布会中。

而我，就是眼前这场发布会的策划、营销、主持人。

慢着，还是有些和发布会不一样啊！

好像缺了点什么？

我歪着头，看着孩子们迎接小丑，送走小丑，打开电视，关上电视，堆起乐高，拆掉乐高，忽然想起——

发布会结束前，主持人或观众都会给发布会的主角献花，主角通常是作者。

我既做过主持人，也做过主角，既给人献过花，也接受过献花。

今天的生日会，没有献花这一项。如果有，我是给洛洛献花呢，还是让洛洛给我献花呢？

我正想着，手机频频响，洛洛爸正把拍的照片、视频发我。

我如打了鸡血般，挑图、修图、编辑、剪辑，为每张图、每个小视频贴字幕，而后凑成九宫格，公布在朋友圈。几乎同时，我将它们发在"生日会"群中，提示各位家长，我说：

"让大家久等了，这是通稿！"

如何与孩子联合办公？

1

孩子喊"妈妈，过来一下"时，我默默在一张白纸上画下一横，第十个正字完成了。这说明一早上，他已经叫了五十遍"妈妈"，我分别处理了以下的事儿——

1. 妈妈，这个字我不认识。

2. 妈妈，我想喝口水。

3. 妈妈，我可以去下厕所吗？

4. 妈妈，我的尺子在哪里？

5. 妈妈，我的笔不够尖。

6. 妈妈，我想要张纸。

7. 妈妈，这个单词怎么读？

妈妈，这个字我不认识。

又绕回来了⋯⋯

绕回来好几轮了……

以上问题，我已经全部处理完。

现在，《新华字典》在书桌上，旁边是 iPad 和手机，它们分别安装了商务印书馆的小学生英文字典 APP，花了我 12 元人民币，实用、好用。孩子"秒会"，已当着我的面熟练操作，查了 touch、rough、smooth 三个单词是什么意思，怎么读。

水杯也在桌上，水还是满的、温的，各种文具列队呈现，刨笔刀、橡皮、尺子、草稿本……噢，等我第五十遍过去时，发现橡皮在地上，尺子在地的另一边。

那么，一早上，我又做了哪些事呢？

开一个电话会。

在笔记本上记会议要点。

打开电脑，和三个合作伙伴同时沟通。

看一个稿子的反馈意见。

列另一个稿子的提纲，下午就写。

在书房和客厅间穿梭五十次，不，一百次，因为要来回。

客厅，电视上播着网课，1.5 米外是孩子和他的书桌，桌上是他所需的一切。

两个半小时，五十遍"妈妈，你过来一下"，平均三分钟，我被掐断一次。

2

"我们谈一谈吧。"我举着画了十个正字的白纸，搬张凳子，也坐在书桌前。

"谈这个我不认识的字吗？"孩子仰起脸。

"不，那个你不认识的字，有字典，你早就学会怎么查了。下面，我们来谈谈这十个字。"

"这字我认识，正！"孩子一副你以为我是一年级小学生的样子。

"是的，你已经二年级了。在学校，你渴了，会自己拿着杯子去开水机那里接热水喝；下课十分钟，想上厕所就上厕所；东西丢了，会找，找不到，会借；笔秃了，会削，而不是一切都在等，等我来帮你解决。"

接下来，我解释了十个正字的由来，它们代表什么，代表哪些事，1234567……我将事由写在正字下，看一看，每一件叫了我七遍的事，究竟哪件真的需要我。

"1.妈妈，这个字我不认识。"孩子读。

"过。你可以查字典。"

"2.妈妈，我想喝口水。"

孩子的目光投向我，我的目光投向满满的水杯。他自己伸手去拿了，喝了。

"除非水杯空了要动用热水瓶，否则你自己可以解决，不要来找我。过。"

"3. 妈妈，我可以去下厕所吗？"
"你在下课时间上厕所需要老师同意吗？过。"

"4. 妈妈，我的尺子在哪里？"
"接着读。"
"5. 妈妈，我的笔不够尖。"
"继续。"
"6. 妈妈，我想要张纸。"

"好，这三个问题其实是同一类，找到纸或找到工具。"我指着地上的尺子，桌上的草稿本、刨笔刀。我又拿起画着"正"写着事由的白纸念最后一条："7. 妈妈，这个单词怎么读？你觉得第七个问题和前六个哪个相似？是一类？"

孩子伸头过来看，还以为做合并同类项游戏呢，拍手："第一个！妈妈！这个字我不认识！"

"第一个问题怎么解决的？"

"查字典！"

"你的英语字典呢？"

瞬间 iPad、手机漂移到手上。

"查给我看看？"

哒哒哒，孩子小手指飞快按着，口中念念有词，念一个个字母。

3

七件事其实是三件。

经过合并，我们发现无非是：

生理需求，人有"三急"的三急。

工欲善其事，必先利其器的"器"，主要是各种教学所需的文具、用具。

知识盲点。

解决方案，呼之欲出。

我在白纸的背面列下——

A 你能直接解决的　　B 要用工具解决的

C 可以不解决的　　　D 必须有人帮助解决的

我们来做选择题。

"上厕所，应该选 ABCD 中的哪项？"

"A。"

"对。"

"马桶要是坏了呢？"

"那再来找我。"

"不认识字和笔秃了呢？"

"B。"

"对，如果没有字典或刨笔刀坏了，你再选D，再找我。"

——对应。

"那什么选C？什么是可以不解决的问题？"

"举个例子，上课时，班级讨论中忽然有人发错言，这事儿和你没关系，不需要解决，也不用告诉我。"

"那么，选D的事，就可以找妈妈吗？"

"宝贝，这段时间，妈妈和你都在家里各忙各的，也是妈妈的工作时间。你可不可以想一想这件一定要找人解决的事，是不是其他人也可以做？"

我把D单独拎出来，出了一道选择题——

D 必须要找人解决的事。

D1 爷爷　　D2 奶奶

D3 爸爸　　D4 妈妈

孩子对着各个选项看了很久。

4

联合办公以来，我终于有了第一个完整的半小时。

道阻且长，共同进步。

千言万语，汇成四句话，我打印了，贴在孩子书桌的一角——

工作时间：

1. 你能解决的，不要找妈妈。

2. 能用工具解决的，已有工具了，不要找妈妈。

3. 我解决过一次，也教过你怎么解决的，不要找妈妈。

4. 你解决不了，想一想，不解决也没关系的，不要找妈妈。

祝福每一个在家办公的职场妈妈！

找到"龙"

私下里，我常把想要达成的目标称作"龙"。

因为龙，大家都听说过，却谁也没见过，关于它的信息很多，也无法否认它的存在。就像目标，可能会实现，但在实现的路上，会一直提心吊胆，怕它终究是个传说。

如果有人来问我，我想做的事，能做成吗？怎么做？

我就会回答，你的"龙"长什么样？在哪里？怎样才能找到它？是通过你个人能找到，还是需要其他人帮你架桥、提供武器、陪你出征，或者他就认识"龙"，能为你引荐？这些人在哪里？找到他们，找到前和找到后，都要做哪些准备？

我曾经找过"龙"。

2013 年初，我特别想出一本署名林特特的书。

当时，我在报纸、杂志上写了很多年的专栏，也在出版社工作了七八年。我每天都在为各种作者出书，可是我自己没有一本像样的书，这让我觉得尴尬。

2013 年的春节假期，我思来想去。大年初一的晚上，我夜不能寐，披衣起床，确定了年度目标。

第二天，我把写过的文章进行整理和分类，一共三十万字。十万字能成一本书，我就把稿件分成三本，同时写好作者简介、内容梗概，为每本书的初稿编了目录，还在目录下写上我认为适合的定位和营销文案。总之，我做成三个资料包，在电脑里专门设了一个文件夹。

文件夹中，除了随时能发给出版方看的资料包，还有一张 Excel。

这张表中，我一共列出了四十个人的联系方式、所属单位，特殊要求，我还做了备注。

解释一下，我在出版社做编辑，所以，我认识很多业内人士。我的工作是做历史书。而写作呢？是文艺方向。

在我认识的人中，有十五家出版社的编辑和我的稿件内容相合，人靠谱，业务能力强。我将他们列出来，所谓特殊要求，就是某人的黄金时间、黄金话题是什么，非黄金时间、非黄金话题是什么。举个例子，一个黑龙江的编辑朋友，周三下午一定要开会，我就会备注一下，周三下午绝不能找他。

除了这十五个熟人，我在当当、卓越、京东上看图书排行榜，看排名靠前、和我写作方向一致的畅销书，这些书的出版单位有哪些？我把这类书、好的出版社名录都列出来，用两个星期的时间，把这些出版社编辑的联系方式找到，放在我的表格里。

此外，我再去看，之前在报纸杂志上和我一起发表文章，经常成为纸上邻居的那些作者，他们如果出版过图书，是在哪家出版单位出的？我一个一个去研究，觉得某一个作者的某一本书封面很好，内容、排版也不错，就会直接找这个作者要他编辑的联系方式。

这张表格，一共十五个熟人、二十五个陌生人，我用了一个多月才完成。

四十这个数字，是我刻意凑成的，因为全年五十二周，有效工作周一般就在四十周左右。为了让我的目标可执行、不拖沓，我为自己设立的行动计划就是四十个工作周内，一周去联系表格中的一个人，周周都围绕着我的年度目标做事。

这四十个人在表格中的呈现，有单位，有他们作为编辑的代表作，有电话，有 QQ，但为了联系方便，为了其他相关的信息能精准发布到对方视野里，我把他们都加进了我的微信。

2013 年的 4 月，我开始把我的资料包每周发给一个编辑。

我的想法是，我带着我的作品在精准目标前全部走一圈，没有漏网，就一定能有结果，因为这四十个编辑，是我这一类文字作品对口的全国最优秀的出版人。如果所有人都退了稿，那肯定说明我的作品有问题，那就回来再写；即便都退稿，我听到了四十家出版社最有用的意见，也比自己在家里闭门造车强。

这不也是一种结果吗？

确定目标，找到相关的人，准备好资料包，前期准备工作还没结束。

还要做心理建设。

你了解你的弱点是什么吗？

我的弱点是我很脆弱。我害怕拒绝，在逐一和四十个人打交道前，我就知道我最需要面对的是来自熟人的拒绝，因为那比来自陌生人的拒绝更痛苦。于是，我调整了表格中联系人的顺序，将陌生人和熟人错开——

我一个星期和陌生人联系，再一个星期和熟人联系，这意味着，被一个熟人拒绝后，可以在情绪上缓一缓，不至于耽误整个行动计划的进行。而在和每一个人联系时，我都会默念一句"无情最无敌"；情，是情绪的情，即不管对方说了什么，我都要克服脆弱、克服难堪，零情绪地让事情推进。

我还一再告诉自己："重要的谈话只有一次机会。"

即便是非常铁的朋友，真正重要的谈话也要公事公办，按做事的规范谈。所以每次谈话前，我都会想一下还有什么遗漏的，不要过度寒暄，赶紧进入正题。

2013 年，我顺利完成了我的年度目标。事实上，收到资料包的第三个编辑、第二个陌生人，就和我签了约，年度计划在正式执行的第三周就完成了。

你会说，到第三个人，我就达成目标，找到了"龙"，那剩下的三十七个人，还要继续执行计划吗？

当然要。

因为，我心中明白，我注定要在写作这条路上走一生，我在干什么，需要让同路人知道，随时可能会合作；同路人在干什么，我也需要知道，关注了精准的人，就等于关注了精准的行业前沿信息。

这时，我已经不着急了。我的资料包准备了三份，其中一份签了约，年度计划已经完成；剩下的两个资料包就是去做相关动作，和精准目标建立联系的。

第二、第三个资料包，后来也成为我的第二、第三本书。

事实上，到今天为止，我的合作伙伴仍在这四十人中流动。

确定目标、确定相关的人、确定通过什么途径找到相关的人、确定相关动作。

我用四步找到了"龙"。

如果要达成的目标是阶段性的，不是一次性的，维护好与之相关的人；下一次找"龙"，下一个目标，还需要他们呢。

那句话说得好："想得到太阳，得不到，也许会得到月亮；想得到月亮，得不到，也许会得到星星。"

一定要做计划，一定要有强执行力。有时，"龙"未必能找到，但在这一过程中，会有新发现、新收获。

而找到"龙"，总离不开它们。

片刻逃离

一日，我在街头瞥见一家房屋中介。这一瞥，灵光乍现，我冲了进去。

当然，不是买房。

再失去理智我也知道，买房需要全家人（的资金）做决定；我的灵光是租房。

是啊，租房。

有什么比在单位附近，家之外，有间自己的小房子更惬意呢？

我推开玻璃门时，坐在前台和房屋经纪诉说我的要求时，盯着她在电脑上搜索关键词。浏览房源时，脑海中已绘制好美丽蓝图。这间小房子，我要用来独居——我从未独居过，在家和父母，住校和同学，结婚和老公……现在，家里常住人口是五。我要绝对的安静，要铺我喜欢的床单，摆我喜欢的台灯，听我喜欢的音乐，只做我喜欢的食物。

"请问，您什么时候租？"房屋经纪问。她二十出头，脸上有痘。

"越快越好，不，慢点也行。"

"什么？"她用唐山口音表达迷茫，"那到底是快还是慢？"

"我就午休，"我将手往玻璃门外一挥，"我就在那栋楼上班，需要一个地方午休。"

"太奢侈了。"她面带惊讶，埋头继续搜索。

很快，经纪把目标锁定在两三处，再逐一与房主联系。我还在盘算床单选什么颜色，窗帘选什么图案，她已推出电动车，招呼我坐上去。

耳边生风，我抱紧经纪的腰，她黄色的卷发在我脸上鞭挞。

"坐班那几天，午休；不坐班那几天，睡觉、写稿、招待朋友。"

"离家出走也有个好去处了。"

"等时机成熟，再向家人透露，请他们来做客，但绝不留宿，绝不！"

我握紧拳头，以上是我的心理活动。

经纪双脚一支："下来吧。"

我们走进一栋大楼，楼道幽深。

走过黑暗楼道的一半，碰到几个罐头堆，经纪把钥匙插进门。

眼前的房间，没有窗户，不通风；满地巧克力盒、坏插座、裸体画报。一切都让我想起贝克汉姆和辣妹拍过的那组夜店写真，也让我想起大约十年前，刚毕业时找房的情景。

我摇摇头就走。

"怎么？"经纪跟在我身后，"你反正只要午休。"

我没法和她解释清楚，我想要的是一处文艺的所在，干净的所在，理想的所在；而这里的环境只让我重温北漂的开头。

下一处。

有前面的做对比，眼前窗明几净的一室一厅一厨一卫简直为我定做，我当场拍板："就它了！"

接下来，水、电、有线的电视、无线的网络，卡、证、经办人联络方式一一交到我手里，当锁匠完成换锁任务，房子正式属于我了。

门一关，我躺在大床上，惬意了一分钟。就一分钟，我又翻身起来，掏出手机上网，开始我庞大的购物计划。

简言之，我要和喜欢的一切在一起。

桌子、桌布。

花瓶、音箱。

各种灯、床上用品、锅碗瓢盆。

……

之后的几天，我不停地收快递、拆包裹，一小时下楼无数次——扔垃圾。

我还把办公室里的书运过来，塞满书架；又去超市拎回瓜果蛋糕，填满冰箱；衣橱里挂上新买的家居服，我甚至添置了一面落地镜子。

"以后买什么，买多少，再没人指手画脚了！"我对着镜子得意地笑。

除了得意，对这间房子，我付出十二分用心。

最集中表现，我不能忍受它每个角落的污垢。我趴在地上用铁丝球擦，我踩着凳子对着瓷砖抹，我还清洗了洗衣机，刷了马桶。而这些，在我有老有小有保姆的家，分工明确，家务我疏于练习已多年。

我的午休时间全砸在这房子里了。

下水道堵了，我要找物业；路由器坏了，我要通知网络公司；煤气打不着火，还不知道找谁修……

一个星期后，我发现工作、家之外，以我的精力想再支起一个"外室"，真真是没法过了。

别笑话，我开始想家了。

虽然，我每天从家出发，回到家。

我还想帮我处理问题的家人，虽然我一直想躲开他们，寻个清静，但常年分工明确。生活中，我只会我负责的环节，其他根本无从应对，我开始疯狂思念天天见面的他们了。

而绝对的清静，也让我烦躁。

当我把淡蓝色细纹桌布铺好，花瓶里插上花，用纯白瓷碗盛了一碗银耳莲子羹，旁边放一本文艺小说，并播放温柔乐曲，一切都如我最初想象般完美时，我发现不停劳动、布置的自己已经累了，没心情品味这份清静。

而刹那间，我又想起了张爱玲。我一激灵：我还没让我的家人知道我有这么个秘密所在，那么，我死我生，都没有人知道；张爱玲的晚年独居生活，怕不就是如此吧，够文艺，也够孤独。

我有点害怕了。

最后一件网购的商品到货。

那是一个长有两米的靠枕，枕套由灰色和红色的布拼接，绘有星星图案。我把它放在床头处，与同色系的床单、被套一起，接受春日阳光的凝视。

我再退后几步，站在门口，端详整间卧室的全貌，真是个理想的房间啊，但游戏也真该结束了。

之前，我只能用一扇门隔开一地鸡毛的世界。

我一心追求从未有过的、一个人的生活，一手炮制这清静处；但现在离开孩子"咚咚咚"的脚步声、客厅的"叽叽喳喳"声、厨房的煎炒烹炸声，我又不踏实了；这不踏实包括桌上的那碗银耳莲子羹，因没人分享，也变得寡淡无味。到现在，我还一口没动呢。

我假托有变故，找房东结束了合约。

能搬走的，搬走；搬不走的，留在那房子里抵做违约金。

做完这一切，我回家的脚步特别轻快。

晚上哄完孩子睡觉，我走进书房，拧开小灯，看书、写稿，心分外地静。

我发现，人一旦适应了群居就很难独居；如人生进入新阶段，就很难退回过去的阶段。而通过离群索居达到的静，远不如在踏实的闹中得到的小憩般的静。

第二天，我处理完杂务，如常去咖啡馆坐了会儿，到点儿我就离开。这是最无负担的、文艺的所在，干净的所在，是我能接受的对琐碎生活的片刻逃离。

你被朋友背叛过吗？

我的一个朋友和人合伙做生意，最近他的搭档想另起炉灶，这倒也罢了，当他听说，搭档还偷偷地挖他最得力的人，那一瞬间，他手脚冰凉。他问我，你有被朋友背叛、欺骗的经历吗？

当然有。

很久很久以前，我还是个小姑娘，真正的小姑娘，我的好朋友也是小姑娘，她芳名玲玲。我们是同班同学，形影不离，忘了我们的友谊从何时开始。总之，我们家住得近，父母是同事，我们上学、放学一起走，有时，她来我家做作业，就在我家吃饭；有时，反过来。

暑假，我们吹着风扇，靠在凉床上，看金庸武侠剧，我爱慕杨逍，她说张无忌最可爱。我被蜜蜂蜇了，她给我涂药，我问："这是黑玉断续膏吗？"她答："不，含笑半步癫。"

我们将一整个西瓜一剖两半，各抱半个，放在膝头，拿勺子舀着吃。我比她莽撞，总是将西瓜汁漏得到处都是，全靠她收拾。

冬天，我俩裹得严严实实，去雪地打雪仗。没有对手，我们是彼此的对手；遇到对手，我们又是最可靠的队友。

她妈妈做了热锅子，我们便欢天喜地围在锅前。蒸汽扑面，蒸汽中，我将裹着面粉炸过的鱼块，在锅里滚几滚，再捞起来咬一口。她冲我笑："鲜不鲜？"

玲玲脾气好，长得也好，两只眼睛滴溜圆。她大我半岁，自称姐姐，我们的相处都是她让着我。

我印象深刻的细节是，一次，假期将完，我借她的作业看，却不知怎么弄丢了。她大哭一场，复读机似的问我："你说怎么办？你说怎么办？"第二天，再见到她时，她没有继续责怪我，而是默默趴在桌上从头补起，令我一阵内疚。

还有一次，我们去参加同一个比赛，我没有合适的白裙子，而她有两件，A 款明显更漂亮。在她家，我们在镜子前比画着，她主动说，我穿 B 款吧。

十几岁的年纪，我曾以为我们的友谊会天长地久。

突然有一天，玲玲不理我了，不是绝对的不理，是你和她说话，她也应，但态度不积极；你不主动找她，她绝不主动找你；你问她，明天几点上学，她说，我还有事。"早上能有什么事？""你管得太多了吧！"

"是我哪里得罪你了吗？"一天，我终于忍不住截住和别人一起放学的她，问出口。

"你是不是有毛病？"玲玲眼睛睁得圆，像她妈妈包的芝麻汤圆。

"你今天就把话说清楚。"我背着双肩包，两手伸开，拦着她不让她走。

"你看你这么霸道，"她深吸一口气，在一堵灰色的矮墙前，夕阳的余晖披在她身上，她的睫毛长且弯，像擦了金粉，她抬起头，"我们不要做朋友了。"

"为什么？"我觉得我的喉头都堵住了。

"因为你爸爸已经不是我爸爸的领导了。"

灰色矮墙像照相馆拍证件照的背景，我的眼眶如镜头，"咔嚓"一声，拍下她在我心中最后一幅正面照。

"咔嚓"是心碎的声音。

十几岁的年纪，爱恨分明。

很长一段时间，我思考的不是欺骗、背叛，是我究竟配不配别人对我好。别人再对我好，那些好究竟是真还是假。真的，能维持多久；假的，如果不被戳破，如果我还有利用价值，是不是就可以信以为真呢？

假作真时真亦假。

我很难对一个人百分之百信任，一个人对我百依百顺，我就会忖度，他或她要从我这里得到什么。我排斥形影不离，嘲笑亲密无间，遇到那些形影不离、亲密无间的，心里会泛出一句：有聚一定会有散。

聚的时候，就做好散的准备。

我和玲玲后来有两次交集。

我把和玲玲绝交的消息告诉我爸，他正在人生低谷；被"削官"的他，没说什么，只是去阳台抽了很久的烟。

之后，我爸从低谷走出，官复原职，当了玲玲爸隔壁部门的领导。在小区里碰见，玲玲爸和我爸聊天，说："老杨，我要是干不下去了，去你那儿，行吗？"我爸说："别，我怕你背后再戳我一刀。"玲玲爸讪讪离开。

我和玲玲像两条平行线，在同一空间却很少见面。

我们都读了大学，我学文，她学理，我做老师，她在一家计算机公司。又过了两年，我离开合肥，她留在本地。某年过年，我被父母的熟人撺掇着和一个男生相亲，见面时我才发现，他是玲玲少女时代就暗恋的人。据说，这时还恋着，我毫不犹豫拒绝了那男生。想到玲玲如果知道这消息，是什么脸色，什么心情。

都是我的内心戏，距离玲玲说"反正你爸爸不是我爸爸的领导了""我们不要做朋友了"，已过去十年。我忽然觉得，我有些可笑，俱往矣。

又过了些年，我在影院看《七月与安生》，熟悉的场面，熟悉的纠结，我想起玲玲。

听我父母的老同事、我家的老邻居说，玲玲已经结婚、生子，丈夫是外地人，两个孩子中的一个跟她家姓。玲玲为人处事以周全著称，她还像小时候那么要强，家事、单位的事一把抓。也许，长大后的她，见过世面的她，也会为当年自己说过的话脸红吧。那不是她的问题，是父母的教育问题。

"我绝对不可能和任何人保持密不透风的关系，无论恋人，还是朋友。"出电影院，我和一起来看电影的伴儿说。

"为什么？"伴儿问。

"君子之交淡如水，距离感带来舒适感。过分占有和被占有，都容易起妄想，让我不舒服。"

"你一直都是这样的人吗？"

"从十几岁起。"

其实，我应该感谢玲玲的。

如何做一份合理的新年计划？

半个月前，我在上海参加了一个论坛。论坛上，主持人问我，新年会做计划吗？每年的计划都完成了吗？

几天前，我在长沙和一位朋友吃饭。她说起她的烦恼，想在工作之余做点什么，像学个新技能或也写点什么，但很难坚持："我不太自律，每年开头都计划很多，每年年尾都完不成，怎么办？"

对我来说，他们的问题其实是一个，即如何合理地做计划，并确保执行。从时间上来说，所有计划都可以以年度为节点。而我，我的新年总比别人来得早一些。

这和我的经历有关。我在出版社待了十几年，其中在总编室三年。即便之后全职写作，曾经的工作节奏也似乎深植于我的身体，成为肌肉记忆。比如，年底要预结算。

于是，每年十一月十五日开始，我至少有一两周什么也不干，专门用来落实项目，签合同，催款、结尾款、收预付款。成年人的一切活动，离不开"钱"字。结款无须解释，知道来年能挣多少钱，收取一部分作为保障，是我的安全感来源。

至于合同，它们不仅是保障，还是时间表、工作量表，来年要做哪些事，平均到每个月、每天做哪些，起码百分之七十五要落听。心里大致有谱，手上才能有条不紊。

可是，项目、合同是签得越多越好吗？

当然不。

因为活儿不是越多越好。

每个人能承受的工作量不同。同样是写作，我认识许多网络大神，他们能日更六千到一万字；我不行，我的颈椎首先不行。同样是做讲座，吃开口饭，我认识许多大咖，可以滔滔不绝讲八小时，照样声如洪钟；我不行，录视频两个小时，我便哑了，再继续，我就从"邓丽君"变成"徐小凤"。

再说了，一年三百六十五天，能保证高质量的四十个工作周、两百个工作日已属不易，我们毕竟不能只为劳作而活。我们是人，要有天伦之乐，要活色生香，要有时间看朝阳升起夕阳落下；病了，还要"返厂维修"。

那么，多少工作量合适？相应地，该签多少合同来盖章确定有效工作量呢？

为此，我花过力气研究自己、训练自己。

从 2008 年到 2017 年，我一直保持着一边上班，一边写作的模式。十年，无论风吹雨打，无论车马劳顿，每天我都写一千字，只在生孩子、坐月子时停过工。

2012 年前，我写作的时间大部分在夜晚，上完班，在回家的地铁上思考，吃完饭，打开电脑记录思考。因为形成习惯，每天一千字，并不难坚持。除了寻常日子的夜晚，出差时，我在高铁的小桌板上写过；一天要约好几个人见面时，我就把他们约在同一个地点，人来人往，有一小时时间差，我便可以完成一千字的日任务。

2012 年 7 月后，夜晚写作变得不现实，因为有了孩子。我试过下班回来，先陪孩子玩，努力把他哄睡，再开电脑。结果是，我陪得不尽心，他玩得不尽兴，我们的相处质量不高。他哇哇大哭，我不断催促。他睡了，我累了，什么都不想干，更别说写了。

经过一段时间的摸索，我意识到我应该利用中午时间写，让工作只在白天完成，哪怕是第二职业、爱好。那时，我每天十一点半在单位食堂解决午饭，下午两点才要接着上班。OK，这两小时足够我去单位附近的快捷酒店开钟点房写作了。

夸张吗？不夸张，既然实践证明，一天一千字我是能轻松完成的，没有强我所难，那无论如何都要保证它完成。哪怕我今天写得不好，明天势必要推翻，强行输出也要输出。因为，我珍惜的是我的习惯，它形成不易，一旦放弃很难恢复。

2017 年，我全职写作后，显然一天一千字少了。理由简单，如果我和上班时的写作量一样，我为什么不再去找份工作呢？

为了找到新的节奏，我花了三周记录我能承受的工作量，即每天写到什么地步，我会烦躁，不由自主看钟、查阅文档的字数统计。三周后，我发现字数稳定在每日两千两百到两千三百字。

从此我的计划按每日两千两百字计算，一年两百个工作日，我的产出是四十四万字，抹掉零头四十万字。四十万字相当于四到五本书，可是，每天写，就会写无可写，写到穷途末路。所以，我决定最多写两本书，二十万字内。另外十万字用来尝试，尝试我没写过的，写了不能一遍成功，但最终会成功，不知道什么时候成功的；还有十万字用于各种讲座、演讲稿、音视频稿，我要跟上时代、接触社会，和读者们面对面交流。

所以，每年十一月十五日，我会花两周甚至更长时间去落实的，其实是根据四十万字、我的身体能承受的年度工作量，倒推得出我能接的项目。

此外，被我抹掉的四万字零头，折合成八小时工作日，有十八天之多，一百四十多个小时。它们是机动的，去聊天吧，去碰撞吧，去开策划会吧，去有准备地遇见一些会忽悠你的人，去做可能是无用功的事儿。没关系，这些浪费都在计划内，时间上给出预算，行动上便变得可控。

去年年中，一个合作方与我谈事。他们问，你下半年还有空吗？

我说，我去翻翻我的小本子。

过一会儿，我告诉他们，下半年我还有八十个工作时没有安排出去，我们在谈的事儿八十个小时能干完吗？

他们大惊，你的时间安排如此精确吗？

对，如此宽松，如此精确。

宽松的是，一年有一百多天，原本就没做计划，留给生活，留给天有不测风云。

精确的是，一年两百天献给工作，准到字数，准到小时数。

人生无常。我能确定的是，无风无雨、无病无灾的每一天，我能写两千两百字。再多并非不能，而是何必呢，何苦呢，尊重你的生理反应。

半个月前的论坛，主持人问我新年会做计划吗？每年的计划都完成了吗？我的答案是"当然"。主持人诧异："这么肯定？"我说，对。因为我做计划时，充分尊重自己，量力而行，不能实现的事儿别列进计划里。

几天前，在长沙，朋友幽幽地说："我不太自律，每年开头都计划很多，每年年尾都完不成，怎么办？"她说，她想写小说，她想学个小手艺，想做点副业，新的一年有新的希望……

我劝她——

先用几个星期观察自己，一周能拿出多少时间。如果写小说，换算成每天能写多少字；如果学手艺，换算成每周能去上几次课。再据此，列目标，做计划。

你如果不够了解自己，就无法制订合理的计划。当你足够了解自己后，根据自身条件，制订完计划，剩下的就是执行。别心软，你是你的司令，你是你的兵。

什么样的礼物最受欢迎?

前年某个欢欣鼓舞的日子，总之是过节，我在一场直播中看见一个腰靠。它灰色的两扇像肺叶，人坐下靠在上面，腰能被稳稳地托住。主播笑说，送这腰靠，潜台词就是："有我给你撑腰。"

我心动了，我下单了，我的双手太听使唤。

不是幻想有人撑腰，是长期伏案工作，我的颈椎间盘、腰椎间盘均突出。平日里，我的一大爱好就是搜集各种缓解、修正的偏方、器械、小装备。
腰靠自然在我的研究范围内。

它没有让我失望。拿到它，绑上它，靠着它，我的背自然直了；我和桌子的距离近了，我不再弓着腰、抻着脖子。电脑屏前，我终于用平行的视线与之相对；当电脑黑屏时，我也可以平心静气，用一个坦然而非探头探脑的姿势"照镜子"。

它才 200 多元，它那么大一件，它天天用，目测能用十年。

妥了。在"照镜子"的一刻，我和自己四目相对，决定将它收藏进我的礼品库。

送谁呢？

我首先想到的是我爸。

我爸是搞机械的工程师。我有记忆起，在家里他的画图板就一物两用：工作时画图，休息时就是白案的案，铺上塑料桌贴，撒上面粉，过一会儿，面食们就排队出现。

公务，家务，他的腰比我劳损得厉害，太合适了。

"太合适了！"我爸用上，果然也用上这句台词。

我有两个每天都要聊起码一个小时的女朋友，她们分别是特稿编辑和纪录片撰稿。她们每天都会和我交流颈椎、腰椎之痛，她们不是自己伏案，就是辅导孩子伏案。她们伏案和玩手机的时间相当，再加上睡眠时间，几乎就是她们的一整天。

下一次，她们再和我交流痛与痛的边缘时，我说："等着收快递吧！""记住，有我给你撑腰噢！"

其中一位，曾极力抗拒："我完全不需要。"在收到礼物后，极大欢喜："孩子比我更需要！"因为从此能深坐，而之前，孩子的背和椅子的靠背间还能塞下另一个孩子。

……

一段时间内，我给朝夕相伴的至爱亲朋们都配上腰靠，家里、办公室里。这么说吧，他们一天消耗时间最长的那把椅子上，一定有我送的腰靠。这么说吧，哪怕某一天，没有我的朝夕相伴，他们也忘不了我，因为他们的背多半靠在我送的腰靠上。

能靠十年。

接下来，我会突然想念或遇见一些不朝夕相伴的朋友。

和几个同行的哥们聚餐，他们抢着买单。回去的路上，我下单送他们一人一个腰靠——

我知道，他们的烦恼已在身体上显现。中年，谁没有一副脆弱的腰呢？

教师节，人人都在晒祝福和被祝福。回想受教育的整个过程，我深觉没有高三时的班主任，我的人生可能会改写——

我下单了，礼物虽小但实惠，老师也能随时告诉来往于她办公室的学生："看，这就是被我改写人生的某某送的！"

想想，我就热泪盈眶呢！

一见如故的合作伙伴收到腰靠后，再见面与我有了新话题：

"现在，我已经从楼上搬到楼下工作，因为楼下那把椅子才能用上你送的腰靠，我自打用上，就无法离开！"

连工作习惯都为我改变了呢！

我共计买了五十来个腰靠。

我现在不是在写软文，我想严肃地讨论下，什么样的礼物最受欢迎，为什么我选择腰靠做我的顺手礼、顺心礼。

首先，它专属感强。

我的朋友们绝大多数和我一样伏案劳作，要在椅子上度过大部分余生，腰或多或少都有问题。

送你的，是能解决你问题的礼物。

其次，它个性化。

个性化在于有我的印记，每一次送它，我都会强调我用过，觉得特别好。

送你的礼物中，包括我的亲身体验。

再次，它高频使用。

每一天，十年。

时习之，我的心意。

又，它有恰到好处的分寸感。

不贵，不至于给人压力。

不暧昧，送异性也不逾矩，是体面的贴心，是可公之于众的关怀。

最后，它自带场景感。

请想象，你和收到礼物的人，都会靠着它，奋笔疾书、对着电脑看PPT或照镜子、辅导小朋友做作业、开会、开车……

你们的使用场景相同，你靠着它时做的事，对方可能也在做，总有一两个片段在单位时间内重合——

有没有感到，吾道不孤，天涯共此时？

我又去下单了。

我又想起一个朋友。

当我减肥时，拿什么对抗饭局？

老彭给我打电话时，我面露难色。当然，隔着话筒，她看不见我的脸色。她在电话那头起劲地报人名和菜名："明晚有谁、谁谁、谁谁谁。""我订在××饭店的××包厢，那家招牌菜是什么。对了，还有什么也不错，你是安徽人，一定喜欢！"

老彭一口气说完，空气凝结般，我们之间安静了整三秒。她意识到我的犹疑，试探着问："你明晚有别的安排？"

"没有，你请客，我随叫随到！"我斩钉截铁地说，"明晚见！"

隔着话筒，我都能想象得出老彭欢快的样子。这次，好不容易凑齐一间办公室坐过五年的前同事六人，其中一位还大老远地从国外回来，实在难得。老彭爱张罗，最怕张罗好了，周围的人不捧场。果然，她听我答应得痛快，喊一声"好嘞！"就立马拜拜，赶去打下一个邀约电话。在她挂机前，我补了一句："对了，先把吃饭的地儿发我！"

其实，我的犹疑和为难很简单。

十天前，我花 800 元巨款报了一个线上减肥营，十天来，已渐入佳境。减肥营并不神秘，只是每晚"营长"花半小时上健康减脂课，其他时间，均用来监督"营员"们三顿饭拍照、打卡、上传。合格的，给个表扬；不合格的，提醒下一顿收敛。

贵在坚持，贵在坚守。

目前，我的战绩是前三天瘦两斤，接着七天又瘦两斤。如果不出意外，二十一天结营，我还能再瘦点儿。

所谓意外，不就是突如其来、无法推却的饭局吗？

事实上，在老彭打电话前，十天内我已婉拒了两个饭局。

其一，亲戚聚会。二姨叫我去她家吃饭，可不年不节，没人过寿，也无婚丧嫁娶，这种单纯的聚餐随时能发起，随时能推迟，也随时可以说"我有事"不参与。

其二，当天被拎去、凑数的聚会。比如，开饭前一小时，朋友张忽然告诉我，他就在附近吃饭，问我"要不要一起来"。猜测那顿饭，多我一个不多，少我一个不少，我也没有强烈地要认识谁的愿望和需要。因此，我果断说了"不"。

它们都和老彭组织的不同——

上一次，我们六个职场发小整整齐齐坐一桌，谈笑甚欢，是什么时候，我已记不清了；下一次，也完全不能预估。更何况，参加饭局的人中，有一位前段时间还帮过我点小忙，一直没机会当面致谢。

减肥，又不是让自己变成绝缘体屏蔽全世界。

少顷，手机微颤，老彭发来一个链接，是大众点评 APP 上一家饭店的介绍，饭店名叫"春花"。

随后，这链接在她建的"明晚吃饭群"中再度出现，她招呼各位："六点开饭，收到请回复！"

连续五个"收到"几乎同时在手机屏上显现。

我花了十五分钟研究春花。

春花的招牌菜是鱼头，泡饼和它是天然搭档。鹅肝鲜美，石磨豆腐豆香醇厚，黄鳝打出"野生旗号"，是网友推荐的前三名。其他大热的，还包括油炸的一品虾、皮烤得焦黄的片皮鸭。我打赌老彭会点其中俩，另外以我对大家口味和食量的猜测，扇贝得一人一个，青菜和主食不可或缺……

虽说是减肥，虽说是一定要去的饭局，但"来都来了"的无奈状，"我在减肥，什么都不能吃"的矜持紧张，"算了，就这一顿放纵"的自暴自弃，都不是我喜欢的。

弱水三千，只取一瓢饮。看看有哪些吃了不胖，吃的时候能用点心机的。

以下是我的心理活动——

鱼头本头，不会胖，它的搭档泡饼放一放。

石磨豆腐，必点，虾、扇贝、青菜都是安全选项。

鹅肝危险，但和樱桃同盘，就让鹅肝属于他们，樱桃属于我。

其他的，鸭也好，黄鳝也好，别的菜也罢，只要有以上这几种，我的筷子不停，就不会成为众人关注的节食焦点。只要有以上几种，先填饱肚子，即便有其他油腻食物，也不会构成太大干扰，都在可控范围内。

我关掉春花页面时，胸有成竹，胸中有丘壑。

这时，手机再颤，群里又有新动态。

还是老彭，她连发三个感叹号，以示焦虑。感叹号下，是她的求助信息："亲爱的朋友们，抱歉，抱歉，明晚谁有空，可以早点到？包厢过时不候，我要先接下孩子。"

我即刻应承下来，并表示，我五点半就能到，还能把菜捎带先点了。

老彭发了一连串唇印表情致谢。

是的，先把菜点了。

取得点菜权，就能保障我在非常时期的非常需求。

第二天下午，我五点出发，五点二十分到春花。服务员领我进包厢，奉上茶水和菜单。我打开手机备忘录，调出昨天做过研究、记录的几样菜，报给服务员听。而后，将菜谱和点菜单拍照发到聚餐群，问大家："还要添点啥？"

伴随着大家加的菜，一句句"我也出发了""我马上到""我就一站地铁"紧跟着来，见面的那一刻近了，近了。

等待的时候，我百无聊赖，啃着黄瓜。

出于对饭店上菜顺序的了解，我坚信青菜一定最后上，不符合减脂期最好先吃青菜的要求。于是，出门前，我洗了根黄瓜放在包里。这不只是黄瓜，这是一道护城河。

六点零五分，小青进门；六点十分，孙丽、刘鹏前后脚进门，六点十三分，老彭驾到；六点二十分，爱迟到的陆路再一次证明，他对自己的要求就是压轴。

眼泪、欢笑、段子、回忆，满场飞。

我的盘子里，堆着青菜、豆腐、一只扇贝、两只虾、几粒樱桃、一块掌心大的鱼肉；几片藕，还沾着辣油，是我自老彭点的毛血旺中捞出。我在飙泪与哈哈笑，说段子和回忆往事间，还偷空在减肥营打了个卡。营长说："优秀！"

宾主尽欢。

临别，大家都觉得意犹未尽，纷纷约回请、再聚。

我先定了我回请的时间、地点，是一家自助餐。我的理由是窗明几净环境好，品种丰富花样多："重要的是，陆路和刘鹏这样的汉子一定能吃回本！"

又是一阵哈哈笑，大家同时想起刚工作时，第一次一起吃自助餐时的情景。

我没说的理由是，自助餐丰俭由人，我吃什么我做主，又不至于拖累胃口好的别人。

我们的饭局持续三个小时，终于散了。

回去的路上，我接到老彭的消息。她说，亲爱的，我还有个私人的事儿想麻烦你，今晚没来得及说，过几天咱俩单约？

我想了想，发给她一个地址，是我家附近一家有名的轻食餐厅。我问老彭，吃点清淡的，是否介意。谁知，她第一时间表示赞同："你知道吗？我正在减肥啊！为了今天的饭局，我牺牲掉一周的努力，舍命陪君子了！"

嘿嘿。

我写了一个简单的小贴士发给老彭——

减肥期间，如何参加饭局？

1. 主动确定饭店，熟知哪家饭店的饭菜适合你。

2. 提前准备，看看要去的饭店哪些菜不会胖。

3. 早点到，尽可能取得点菜权。

4. 不放心，先吃两根黄瓜打底。

5. 如果约的人也减肥，可以约轻食餐厅。若不，可以约自助餐。

6. 一桌饭菜，找到你能吃的几样菜即可。

第四章

追梦人

我们总会遇到想结交，
又不知道怎么结交的人，
而越不平等，
越要找到平等。

琳琳的副业地图

琳琳是某酒店大堂的工作人员，90 后，单身，颜值 8.5 分，魔鬼身材。我因订酒店，和她结识。

去年春节，琳琳回老家，因疫情，酒店让她一时半会儿别回来，因为回来也要隔离后才能上班。而酒店没有生意，处于半停业状态，什么时候全面复工，要打个问号。

琳琳闲在家里，听同事们说整个行业受到重创，复工不但无期，之后破产、关门、裁员，都有可能发生。琳琳心慌了，她想早做准备，看到有人在朋友圈卖东西，并招募销售，她马上加入。对，就是我们常说的微商。

一日，琳琳向我推销，被我婉拒。她忍不住倾诉，做了三个星期的微商，却没有成功一单，非常苦恼。

问题出在哪儿呢？
我研究了一下琳琳在朋友圈发的那些销售链接。

三周以来，琳琳卖过在线儿童英语辅导班的课、纸尿裤、治疗颈椎的仪器。刚才，她还向我推销中草药包。

　　可是，琳琳单身，亲子话题上，她没有发言权，她不是教育工作者，更不是母婴类产品的开发者、销售者；至于治疗颈椎，琳琳天鹅般的脖颈一看就不需要治疗，平日她没有伏案工作的必要，也就没有这方面的痛苦。再卖力的宣传，不过是增加产品链接的点击率，很难有转化，卖不出去货，就挣不回钱。

　　单就宣传来说，琳琳也不够卖力。

　　她转发的链接有文案，可文案一看就不是她写的，是从微商群中复制的，千篇一律。每一条和上一条标点符号的用法都类似，或者是三个感叹号，或者是一堆波浪符。这么说吧，自打琳琳开始做微商，她的画风就变成一个没有感情的机器人，而机器人带不来生意，顶多是把自己变成客服。

　　如果产品质量可信，什么副业适合琳琳做呢？

　　下午没事，我们讨论起来。

　　"琳琳，你有多少种身份？"我问。

　　"酒店工作人员啊！"

　　"除此之外呢？把所有身份列出来！"

“还有……单身女性、北漂、90后。”

“还有呢？”

还有，琳琳是父母的女儿、朋友的朋友、同事的同事。

还有，琳琳是房客，也是房东。她在北京租房，同时，在家乡有一套小房子，已经租出去了。

还有，琳琳是南京人。

还有，琳琳中学毕业后上了宾馆服务专业的中专，从南京到广州到天津再到北京，十八岁入行，从业十一年；实习加正式工作过的星级宾馆有七家，除了厨房没待过，各部门都待过。

还有，琳琳谈过两次恋爱。

还有，琳琳买过三套房、卖过两套房，装修过五次，包括父母的家、自己的小窝。

据此，琳琳发现她的优势——

她学宾馆服务，在酒店各个部门待过，从业时间够久，这是她的第一专业。宾馆服务需要较强的语言能力、观察能力、交际能力、营销能力、记忆能力和应变能力，这样才能和客人搞好关系，留下深刻的印象；无论发生什么突发情况，都要尽可能及时处理周全。琳琳发现，她起码能抽出一种专业技能，用作副业，那就是在线做客服。

琳琳买卖房子五套，装修过五次，在房子这件事上，她花的时间比别人多，研究自然也会深些。比如，她的电脑里专门有一个文件夹收藏近千张装修图，订阅了几十个装修的微信公号；比如，在好几个装修为主题的群里，她是意见领袖。

聊到这儿，琳琳谈及为何疫情让她如此紧张，着急开发副业。她刚刚取得在北京买房的资格，在父母的资助下，她还卖了家乡的一套小房子，刚刚凑齐首付，就怕收入有变还不起房贷。

琳琳对过户的最新规定、贷款的各项要求、装修怎样省钱、怎样性价比高，算盘珠子在心里拨过无数遍。平时，她就爱和同事、闺密谈论这些，小圈子里谁有这方面的疑问，都会问她。此时，琳琳忽然意识到，或许关于房子的一切，买、卖、找中介、找装修，她也可以发展成她的类专业。

另外，琳琳的魔鬼身材哪里来？练瑜伽得来。

琳琳大大小小的瑜伽班、普拉提班，参加过十来个，练了六七年，上班时，只要有空，她就去酒店的健身房锻炼；有那么几次，瑜伽教练没来，甚至找琳琳做代班老师。琳琳身边的人，朋友圈的好友，都知道她有这个爱好，她晒过做瑜伽的照片，普通的没什么好晒，琳琳只晒高难度动作的。瑜伽，外延到健身，是琳琳认为，她比一般人有发言权的事儿。

"你还有什么特殊的人脉优势吗？"我插了一句。

原来，琳琳除了家人、同学、合租伙伴、同事，能接触到的最多的人，通讯录里占比最大的，都是酒店的顾客，其中也有我。琳琳开始分析这些人的共性，这些顾客享受过琳琳提供的服务，再住酒店，或订餐，或订房，还会回头来找她，说明对她有基本的信任。这些顾客经常出差，对生活品质有要求，因为琳琳所在的是一家高档星级酒店。这些人的需求是什么？如果买东西，想买哪些方面的？

琳琳琢磨起来，有一点是明确的，英语辅导班、颈椎治疗仪、纸尿裤由她来卖，卖给熟人，没有说服力；卖给酒店顾客人群，他们对便宜货不感兴趣，他们对琳琳的信任也不在琳琳推销的这些类型的商品上。

卖点什么好呢？这时，琳琳忽然想起，以前，她在领导的要求下，转过酒店微信公众号的促销消息。比如，逢年过节，酒店餐厅准备的大礼包；年夜饭预订；等等。确实，有人来问她，还下过单。这些销售都是有提成的，只是琳琳当时不以为意，没想过好好经营。

当琳琳从不同维度把自己分析清楚，对自己的优势了如指掌后，她列出以下的计划：

复工前，琳琳可以试试找一下线上客服或一些行业简单的助理工作，作为副业。如果不耽误本职工作，这项副业可以坚持做，并兼职几家一起做。

复工后，琳琳可以利用平台、身份的背书，人脉的优势，销售本单位的旅游类、美食类产品。从这个方向，往外扩展，有两个思路：

一是同类产品，同城除了和单位是明显竞品的，避免不必要的麻烦，都可以销售。二是，同类产品，她可以卖北京自家单位的，作为南京人，她天然有卖南京货的背书，把北京货的清单复制一份去卖南京货。

举个例子，琳琳能卖酒店端午节的粽子礼盒，也就能卖家乡的盐水鸭，只要货源、品质、物流能解决。琳琳能卖酒店合作的旅行社开发出的八达岭、十三陵一日游套餐，也能卖古北水镇的门票，秦淮河游船的票也可以卖。这件事如果做得好，琳琳可能因为销售业绩突出，货源、渠道丰富，宣传文案写得好，客户维护得好，不但能增加收入，还能帮助她的主业发展。

从长远看，琳琳最该投资的副业方向是瑜伽和买卖房子、装修的经验变现。

继续做微商，我建议琳琳卖和瑜伽有关的课程、书、装备，比如瑜伽服、瑜伽垫、瑜伽砖，这需要琳琳加强这方面的人设塑造，让所有人觉得她就是瑜伽的获益者、代言人；加大投资，学习、培训、考证，让自己更专业，扩大与此相关的人脉，参加瑜伽论坛、群、沙龙等等。

琳琳对装修的感觉很好，又一直在星级酒店工作，有审美的环境。做微商，她可以推荐一些单品，并现身说法，我用过哪些，我听过哪些专家的意见，这件单品后来成为房间的点睛之笔。甚至呢，可以尝试一下免费给身边的人提供装修意见。如果有软装的机会，练练手，也许有一天，可以做软装师，做民宿的设计、策划。

琳琳越说越起劲，越说越有信心："你看，哪怕零敲碎打赚点散碎银两，也要讲策略，也要列一份路线图呢！"

　　我被她感染了："我先订一份盐水鸭，多久能到？另外，瑜伽砖、瑜伽服、瑜伽垫发我看看，你用的是什么款？"

圈子不同，如何相融

丁丁发了条朋友圈："又一次不欢而散。"

当然，当晚聚会的人看不到它，包括她的丈夫小赵。说"又"，因为类似的聚会最近发生了三次，三次加在一起，丁丁说过的话不超过一千字。不是她不想，而是她不能。

今天的聚会以小赵和他的朋友钱、孙、李为主角。

当年，"孔雀女"丁丁看上"凤凰男"小赵，除了外在条件，更重要的是小赵有她没有的学历。丁丁中专毕业，到今年，做财务工作整十五年，在她的领域，也算专家。但面对博士毕业、搞学术的小赵，丁丁还是有些自卑。自卑无关收入，是"他说的，我都不懂"；自卑会放大，尤其面对小赵那些不是同事就是同学的朋友。而他们大多选择了相同背景、文化水平的太太，大家聚在一起聊专业，丁丁一脸懵懂；聊孩子教育，人家比她有底气，她只有听的份儿。

以今天的聚会为例，觥筹交错间——

小钱起头："看新闻了吗？ 26 岁的陈呆解出了陈秀雄和唐纳森独立提出的 J 方程……"小李惊呼："这是复微分几何领域的重大

突破！"钱太太赞叹，李太太附和，小孙点评："天才！"孙太太插嘴："陈呆姐弟都是少年班的。"小赵加一句："据说，陈呆的爸爸专门写了本书《教育的本质》。"那一刻，赵太太丁丁只能埋头吃菜，抬头"嗯嗯"，她对他们谈论的一无所知。

一回家，丁丁把包往沙发上一扔，背对小赵来了句："下次你们聚，我就不去了。""为啥？"轮到小赵一脸懵懂，"钱、孙、李都请过客了，下次轮到我们。你不去，成何体统？"

2

丁丁发完分组可见的朋友圈，辗转反侧。在丈夫的圈子里当壁花，让她不舒服。这不舒服深究起来，是她认为她的婚姻是以低就高；她没文化，虽然努力了半生，还是不成功。

睡不着，丁丁起床，拿出一张白纸对折，写下内心 AB 两面的话。

A："圈子不同，不必强融"。你们的圈子本来就没有交叉，管他们呢。

B：融入他的圈子。但融入的目的呢？

在 B 上打钩。别问丁丁为什么，这就是她内心的声音。或许是日子还要往下过，类似的聚会逃不过。或许是她想让小赵因她开心、有面子。另外，正如年少失学的她，当年看上小赵是因为他的学识，以钱、孙、李及他们的太太为代表的谈吐、学养、关注点，也是丁丁所羡慕、向往的；她想和他们成为朋友。

好，继续。

A：如果只是为了小赵开心，我只需扮演好一个贤妻，和他打好配合即可。

B：如果想和他们做朋友，朋友的前提是能对等地交流。我和他们能交流什么？

AB 都选，丁丁在白纸上自问自答。

关于扮演贤妻，她列出——

下次请客，提前和小赵沟通好贤妻的外化标准。即我要穿什么，大家吃什么，谁有忌口，谁有不能碰的雷区话题。若没有特别要注意的，我只用拿出主人的姿态，尽量照顾好每一位客人。

对了，丁丁忽然想起她在单位饭局屡试不爽、拉近关系的绝招：给客人倒水。下次，她要多留意谁的杯子没水了，及时加满。两三次下来，一定能博取大家的好感。

关于对等地交流，丁丁苦思冥想，试图用外人的眼光打量自己，找到闪光点——

我能给别人提供什么帮助？

我懂、我有发言权的事是什么？

大家愿意听我关于哪些问题的心得体会？

我最常被人称赞的特质是什么？

以下是回答——

我做了十五年的财务工作，带了十年团队，涉及账目、管理等，我的经验比别人丰富。

我在理财方面是普通人中的高手，听我的，买卖股票和基金不会出错。

旅游出行，做攻略、比价，我讲课，一准有人听。

周围的人都夸我脑子清楚、记性好，说话办事条理清晰。

关于对等地交流，还包括对对方的关心，凭着好记性，丁丁回忆起今晚与座众人分别都聊过哪些——

嗳，李太太说，她正在看房；小孙说，正在为女儿找合适的幼儿园。

下次，我可以主动问他们，房子看得怎么样了？幼儿园考虑好没？接着上次的聊，既不会出错，又表达了关心。

明明是为社交做准备，丁丁的 AB 对答竟变成了发现之旅：发现自我的优点，发现和他人的交流点。

她心平气和些了，打开手机，把刚才发的"又一次不欢而散"删掉。她无意识地往前翻自己的朋友圈，咦，正和她分析的闪光点一致；每当她发布团队管理心得，理财最新成果，去哪里玩，攻略123，都会收获评论、点赞一片，其中就有赵、钱、孙和他们的太太。

"我找到了我的黄金话题，也就是我能提供给别人的价值。"丁丁想，"不只和小赵圈子里的人。以后，和谁、聊什么，我都能化被动为主动。"

3

十天后，小赵回请，还是四家人。

丁丁拉了个群，群名"月圆人圆"。饭店是丁丁熟悉的。大伙儿一进包厢，领班就恭恭敬敬带着服务员，对丁丁说："丁经理！我们领导听说您来，特地让我过来送瓶酒。"给足丁丁面子。

在主场，丁丁放松许多。在座八个人，分别来自南北四个省份。丁丁把菜安排得妥妥帖帖，连钱太太吃虾过敏的细节，她都照顾到了。众人举杯："小赵，你真是娶了位好太太！"

席间，他们还是如常讨论起他们那个圈子的八卦、行业前沿、矛盾、合作，黑话不断，没有一句丁丁能听懂的。没关系，思考"对等交流"时，丁丁已意识到，丈夫那个圈子中太专业的问题，她根本不需要懂，也不用参与，强行恶补也没用，那就坦诚不懂，做好一个倾听者。

当菜齐了，他们的聊天告一段落，丁丁主动为杯子空了的李太太加水，随口问起她看的房；又问小孙他寻摸的幼儿园。果然，他俩对丁丁的记忆力和关心既惊讶又感激。谈到幼儿园，丁丁不动声色把话题拐到孩子教育上，她提到几款教育类理财产品，和孩子的财商教育。虽然，除她之外，其他人都是学霸出身，可在交叉领域，教育中的理财，理财中的教育，谁都不如丁丁。"还有呢？""再给我们点建议！"丁丁让他们开了眼界，连小赵都感到意外、惊喜。

宾主尽欢，满月挂在蓝丝绒似的空中，他们方散。

4

"还以为你不喜欢我这些朋友，没想到今晚这么愉快。"回到家，小赵对丁丁说。

丁丁想了想，提起之前的聚会，说出了她真实的感受："有时候，你们聊起天，完全不顾忌'圈外人'，其实很不礼貌。就像十个人在一起，九个本地人都在说方言，另一个不懂方言的人就觉得被孤立……"

小赵连声道歉："错在我，我和他们沟通时，应该照顾到你的情绪。"

丁丁笑，稍后，她在"月圆人圆"群中给大家发了一份去周边小镇旅游的攻略。那是饭局尾声，有人说起下一个假期带孩子亲子游，丁丁立即回应她去过，还写过一份复盘清单。清单共十条，将准备哪些东西、必去景点、必吃美食，哪些开销可省，哪些开销可以拼单，写得清楚明白。看过的人都说："不看了，丁丁你带我们去吧！"

十天前的不愉快烟消云散了。丁丁习惯性复盘、开清单，她在写着 AB 面的白纸上，添了几句——

1. 圈子不同，要不要融？只要我想，我就能，主动权在我。

2. 圈子不同，拿什么融？拿我有，别人没有又感兴趣并需要的。

3. 交流不对等，就找到对等的那个点。

4. 别人有，而我没有，不需要的，不用关心和介意；需要的，就放低姿态去吸收。

写到这儿，丁丁发信息给李太太。今晚，李太太提到她任教的系有一门管理学课程，开放了网上资源。"管理老兵，求链接。"说这话时，丁丁充满了学习的热情和底气。

还没出场，就已出局

我在一家健身房锻炼，已经半年多了。

给我上课的教练姓刘，我们保持着一周两三次的见面频率，合作愉快。

一天，上完课，刘教练抱歉地对我说："对不起，我被调到新开的分店做经理，以后不能教你了。你的课将由新教练小杨接任，我带你去见他。"

我接受了刘教练的安排，跟着他走向健身房的另一端。

另一端，是一间拳击房，房间正中央竖着拳击所用的各种器材。房间的一角，一位高大、头发凌乱的男生在墙边半靠半躺着。他用胳膊支撑着身体，两条腿自然伸着，大敞大开，两只拳套、一双鞋随意摆放在脚边，歪歪扭扭，袜子揉皱了塞在鞋里。

显然，他打拳累了，沉浸在自己的小世界里，看见我们进来，仍无动于衷。

"来，小杨，这是特特姐，以后就由你带了。"刘教练为我们彼此介绍。

小杨回过神，拨拨额前的乱发，对我们点点头，但没有起身的意思。刘教练暗示，直至明示，他快走几步冲到小杨面前，拍了小杨腿一下："你和特特姐打个招呼啊！"小杨这才慢慢站起来，提拉着鞋，缓缓走近我，伸出手握了握。

之后的事儿，像所有人对人的交接一样，我回家后，发现刘教练拉了个微信群。群中有四个成员，一、二自然是我和刘教练，三呢，是该店负责人，四就是新教练小杨。

照旧，群里也由刘教练进行开场白。

"各位好，这是某某，这是某某，这是某某，希望你们接下来的锻炼顺利。"

"有任何问题，都请联系我。"

从此，群里死寂一片。

三天后，群里忽然有了声音，是小杨。

他拍了拍了我的名字，提示我注意："阿，特特姐，你什么时候来锻炼啊？"

然后，恢复沉寂。

又过了两天，我在凑合呢还是不凑合呢的内心戏中，犹豫了千百遍。最终遵循了内心的声音，路过健身房时，我找到还未彻底离职的刘教练表达了想法。

"您说有问题联系您。我想来想去，不想和新来的小杨继续下面的课，如果可以，麻烦你提醒店方给我换个教练。"我恳切地说。

刘教练诧异："是小杨不够专业吗？可你们还没开始第一节课呢！"

"对，"我承认，"我们不仅没开始第一节课，我们甚至没有记住对方的脸。我敢打包票，现在走到大街上，我们面对面对视，那天短暂的相逢也不会让我们认出彼此。"

"所以？"刘教练的声音充满困惑。他不明白，一个印象都没来得及留下的人，为什么留下糟糕的第一印象，还没出场，就已出局。

原因很简单，我分析给刘教练听——

"在每一件事中，我们都要先定位自己的角色，而后确定符合角色的言行，根据不同身份、人物关系，采取行动，拿捏分寸。

"拿健身教练和他的学员来说吧。教练是绝对的乙方、服务者；学员作为消费者，是绝对的甲方、被服务对象。因此，在合作过程中，我既要完成经过专业指导的训练，还要得到专业的被服务感。提供这些，才说明他是一位合格的从业者。"

"是的，我同意。"刘教练点头。

"而第一次见面时，小杨迟迟没有起身，需要提示才慢慢站起来，和我握手；说明他如果不是反应不够快，就是没有服务意识。

"之后，您拉群，让大家有建立联系的可能。一个清楚自己定位，根据定位，能准确指挥言行的人，应该第一时间加对方，也就是我的微信，从此开始一对一的接触、交往，开展下一步的行动。

"可是我等了三天，小杨也没有加我。再约课，也只是在群里喊一声，一句话十几个字里就有两个错别字，可见不认真；在这之后，我又等了两天，他仍没有加我微信。我想，这证明他不仅没有服务意识，不懂移动时代的社交礼仪，对本职工作的定位、任务也不够清晰。我能预见，以后的课程中，我希望得到的服务、关注、专业度，都会打折。既然如此，又何必浪费时间？"

"您说得对。"刘教练火速给我联系店方，火速换了新教练。

新教练是位女孩。我到家时，她已加了我微信，火速和我约了下一次课。并在下一次课前两小时，她准时提醒我吃点东西，好有力气。

一切如旧，如我一直以来体验的理想的旧。

我没在那家健身房再见过小杨。或许见到了，也认不出。

多花点心思，在特定场合只做符合角色的行动，就不会还没出场，就已出局。

这特定场合如果是职场，这心思就叫职业精神，这行动就是专业的一部分。

追梦人

莎莎约我见面，约在北京东四地铁站旁的一家咖啡馆。

莎莎是我表妹的同学，大学学中文，本科毕业三年，来北京一年，目前在一家电商网站做文案。

我一进咖啡馆就看到了莎莎。她穿一条豆沙色连衣裙，脸冲着门，手托着腮。

我向莎莎招手，她迅速捕捉到信号，站起来。她快步走向门口，迎接我；离我半米处，停下来，问我喝点什么，夸我又瘦了。

我知道，莎莎不会平白无故约我。果然，当我们落座聊起彼此的近况，莎莎很快将谈话带入正题。她问："特特姐，听说你现在全职在家写作，怎么样？还好吗？"

我还没来得及回答，莎莎的下一句紧跟着："我想把工作辞了，学你做自由职业者，全心全意写小说。你觉得我能行吗？"

她恳切地看着我。

说实话，这几年，莎莎提的问题，我几乎每隔一段时间就会被问到。

说实话，这几年，如莎莎这样的文艺青年，我也几乎每隔一段时间就会遇到。

他们大多年轻、有梦，梦与文化艺术有关。他们做着一份看似鸡肋的工作，养活自己有余，但总觉得趣味性不足，意义感不强，工作本身和理想、梦很远。

服务员将咖啡端来，我要的是美式，不加糖。我拿着小勺在杯中轻轻搅动，放下勺抿一口，真苦。

"莎莎，你以前因为写作得到过承认、赞扬、奖项或经济收入吗？"我抬头，正对着莎莎的眼。

"从小，我的作文就常被老师当作范文，经常当众朗读。"莎莎自信地回答。

"除此之外呢？"

"上大学时，我在校报上发过几篇文章。现在，我喜欢在论坛上发些小随笔，总有人给我点赞。"

"好，你现在写的是哪一类小说？写了多久？多少字？"我接着问。

"一个言情小说，写了十多万字，断断续续，写了快两年。"莎莎的眼中有把火，火星四溅，溅到我面前。

"这稿子，你打算在哪里出？"我追问。

"出？"莎莎疑惑。

"哦，我的意思是出版。"我解释。

"还没想好。"莎莎嗫嚅。

"那你打算在哪里发表呢？"我又问。

"还没想好，先写吧。我就想先把工作辞了，把小说写完，像你一样用写作谋生。"

接下来，莎莎用十分钟描述了现在的生活和工作："很无聊，每天就是给各种产品写软文""把说明文当散文写""经常加班""下班后，才有时间写自己的东西""只有这一刻才快乐""感觉我的才华日复一日地消磨，不知道什么时候才是个头"。

轮到我说话时，我把话题又拽回现实。

"你写的小说，当代同类的、最成功的，你认为是哪部？"

"啊，我没注意。我只顾写自己的。"莎莎还沉浸在自己的世界中。

"你知道这一类小说变现有哪些方式吗？"

我的问题又让莎莎局促不安了。于是，我换个方式："你想好你的小说能卖给谁，怎样让读者看见，是图书、影视剧、网络小说还是期刊连载？以及能卖个什么价钱吗？"

莎莎摇摇头，她沉默了。

等沉默过去，莎莎主动开口："难道……我需要先考虑这些？"

"没错，还不只考虑这些，全职写作，甚至所有从事自由职业的人，首先要做的都是数学题。"

"数学题？"莎莎歪着头。

我挥挥手，找服务员要了一支笔、一张纸。

我将纸对折，再展开，用笔把折痕描实，一张纸变成清晰的两栏。

左栏，我写上"小说"；右栏，我标上"账本"。

在"小说"栏，我列了四项："计划字数、计划完成时间、发表渠道、如何变现"；在"账本"栏，对应地，也有四项："存款、月开支、可支撑时间、积蓄耗完后的收入来源"。

我把纸笔推给莎莎，让她填空。

她花了二十分钟，先看看，再想想；其间，还默默掰手指头。最后，把写满数字的纸返给我。

呵，莎莎的小说，计划四十万字，还剩二十多万字，打算两年完成。

发表渠道：未知。如何变现：未知。

我用笔点着"未知"，莎莎凑过来，皱着眉。

我给莎莎布置了两项作业，从现在开始，对"未知"做市场调查——

"把你的作品可能发表的渠道和平台列出来，做成一张表，想一想，怎么才能接触到它们。

"把作品可能变现的方式列出来。比如，一本小说除了出书，还能卖电子、有声、影视版权等，为自己估个价。你可以对标一下其他同行，研究在这个行业中，做到金字塔尖的人是怎样的，最低又是怎样的，拿最低的，也许是零收入、零回报，来问自己能接受吗？不能接受，就放弃吧。"

莎莎本来频频点头，听到"放弃"，身体紧绷，脱口而出："不能放弃！"

我再回头来研究莎莎的"账本"。

银行卡上剩 2 万元，月开支 8000 元，莎莎解释，"房租就要4000 元""当然，不工作，我可以省着点花，嗯，6000 元吧"。

按 6000 元算，能撑三个月，至于"钱花完了怎么办"，莎莎的答案包括："找父母要支援""打零工""再去工作"。

找父母能要来多少支援呢？莎莎竖起一个指头，我故作惊讶："一辈子？"她笑了，怪不好意思的："最多一年。"

左栏需要两年，右栏可支撑十五个月。

我警告莎莎，成年人不要把追梦的成本让父母承担。

"不靠父母，可我现在也没那么多钱啊？"现在，莎莎眼里的火把有点像人民币符号"¥"。

"靠父母，也仍然有五个月的缺口。"我提醒莎莎。

因此，我的建议是，等有一笔梦想启动资金后，再去追梦，以每月6000元，共计24个月来计算，目前缺口是12.4万元。

"坚持工作，存够它；或者降低成本回老家写，也许只要6万，甚至更少的梦想启动金。"我在算账。

莎莎又掰手指头了，掰完，她叹口气："那这段时间，我就先继续忍耐，边工作边写作吧。"

等等，忍耐？我需要回应下，写作和工作，梦和现实的冲突了。

我让莎莎告诉我，她的小说梗概。噢，是一对白领从校园爱情走到职场，在职场隐婚的故事。

看得出，莎莎很爱这个故事，她说得神采飞扬，有些情节还没写，已能描述得七七八八。

莎莎说着，我抓着笔在纸上做标记，等她说完，我给她看。在"发表渠道"项，我标着："跳槽"和"利用工作，取得链接"。

我解释：

"既然你学的是中文，与发表渠道相合，不如跳去你的目标渠道工作。你想出一本书，就去出版社工作；想在自媒体上发表，就去一家自媒体公司。在目标渠道工作，会让你了解这个行业的流程，你又该怎样参与其中。"

"你也可以利用工作关系巧妙和梦想链接，电商网站有图书类产品，你就着意和该书的出版单位多加沟通，将客户变成私人朋友，借机请教你遇到的问题。或者，干脆从对方那儿获得招聘消息。"

"当然，还有一种链接，是把现有的工作当素材，从它写起。你的故事为何不以一个电商网站为背景，主人公们都在电商网站工作呢？你每天在单位发生的事儿、见到的人，就是你要写的，又何来冲突呢？"

莎莎的眼睛亮了。

我抬起手腕看看表，时间差不多了。

临走前，我嘱咐莎莎，别忘了存一笔梦想基金再追梦，做好市场调查再追梦，研究好变现方式再追梦，盘点目前拥有的，用好它们再追梦……

莎莎捏着写满数字的纸，若有所思。

我出咖啡馆门，往东四地铁站方向走去。

"特特姐，特特姐！"我听见莎莎的声音。她在我身后十来米处气喘吁吁。

我停下来等她，追上我后，莎莎问："我忘了问你，到什么时间节点，我才能不工作只写作呢？"

我无法回答，只能拿我的经验做答案："辞职回家前，我手上握着十一份合同，收了一半预付款，它们能让我维持三到五年的生活。

而三五年后，我又有新作品可以变现，再维持新的三五年。"

你看，无计划，不可执行；无保障，不能进入黑甜梦乡；无良性循环，不可持续。这还是一道数学题。

一条群消息引发的风波

听说林森森被开，我吓了一跳。

前几天，林森森还在线上和我沟通一场落地活动的细节；今天，就换另一位公关李雷与我对接工作。我问："林森森怎么了？李雷欲言又止。我追问，他说："特特老师，您看新闻吧。"

新闻？林森森被解雇竟然上了新闻？我赶紧上网，搜他的名字和单位，果然弹出一条："A公司员工林森森面临行业封杀。"

事情原委如下——

一位行业名人在微博上公布了丧夫的消息，熟悉名人的人都知道，名人的丈夫患恶性肿瘤方面的疾病，缠绵病榻已有两年。前不久，名人还开心地宣布在瑞典发现了一种新型药可抑制该肿瘤的发展，没想到才过一两个月，情况突变。名人的微博就一句话"他走了，我想念他"，观者无不为之心痛，许多人在微博下留言以示安慰。

林森森和名人只见过一两次，还是在行业会议上，基本上是陌生人。不知是无意，还是恶意，林森森在一个行业同仁的群里，戏谑地就名人丧夫的事儿加以评论："走了，不是对谁都好吗？说不定她还很开心！""名人不愁吃不愁穿的，比你我过得都强，大家散了吧，别操心了！"

说实话，林森森发布言论的行业同仁群里不超过五十个人。林森森自认为，个个都是哥们、姐们，没人会把他随意说的话泄露出去。但没想到，他吃个午饭回来，网上已经爆炸了。

不知是谁把群消息截图，发到了网上。

对，就是那两句话：

"走了，不是对谁都好吗？说不定她还很开心！""名人不愁吃不愁穿的，比你我过得都强，大家散了吧，别操心了！"

林森森的网名当然不是真名，头像倒是用了他最自信的侧颜。很快，他在不当时机说出的不当的话，燃烧了人们的怒火，截图被广泛传播。名人被好事者知会后，又气又痛，在微博上发出檄文："请问，这位网友，我有什么得罪过你吗？你家里就没有过丧事吗？你攻击我可以，为什么要殃及我的先夫？我发誓我和你势不两立！"

檄文下是同情的留言，和讨伐林森森的各种语言。此外，人们开始自发"人肉"林森森，从网名到侧颜，一个行业能有多大？上午十点，林森森在群里乱说；下午三点，他就接到各种恐吓电话，

QQ、微信、微博、邮箱被全面围攻，加他的人，给他发消息的人，只有一个诉求：骂他。林森森崩溃了。

下午四点，林森森先是在办公桌上砸拳头，再挥舞着青肿的拳头，对空气呐喊："谁！究竟是谁，把群里的消息发到网上的？"办公室中，除林森森外，起码有三人都在那个群里，不出所料，没有人承认。林森森又坐下来，拍着键盘在群里质问，是谁发出去截图的。这样的质问，一天已经发生了十遍，不出所料，还是没有人承认。

李雷冲过去摁住了林森森："现在发火已经于事无补，找出谁散布消息又有什么用？难道你要去决斗？这事儿，你确实有错在先。"林森森抬起头，用一双红了的眼，瞪李雷："难道是你？"李雷暂时不和他一般见识，仍在劝他："肯定不是我，兄弟，听我一句劝，赶紧公开道歉，越诚挚越好，姿态越低越好。"

林森森还没道歉呢，就被公司人力资源部叫走，宣布解雇。林森森刚要道歉呢，公司的道歉信已经张贴在官微及行业相关的各网络公开场合，不是名人威慑大，而是网上指名道姓骂林森森的，都加了定语"A公司林森森"。

"你的一言一行，在行业群中就代表着公司形象。"人力资源部的头儿敲着桌面，恨铁不成钢地批评林森森。"再给我一个机会，我也是受害者。"林森森很委屈，"我怎么知道，在熟人群里随便说一句话，就会闹成这样？""没有机会了。"人力资源部的头儿无奈地摊摊手，"无论从企业形象出发，还是从内部警示的目的思考，都必须拿你做典型，是反面的那种。我们要警示所有员工，注意在网络上的行为，你认为是在熟人群中开玩笑，但公之于众的一切都是你形象的一部分，都要有被传播、被扩散可能性的警惕。显然你没有，而你也不适合做公关部的工作。"

话说到这儿，林森森已无力挽回。这一天，林森森终于正点下班，下班时带走的东西比平时要多得多。因为，他离职了。

送林森森回去的是李雷，现在向我补全新闻背后故事的也是他。"脑子被驴踢了吧？""他一定会后悔的！""真是个教训！"我一连说了三句。"怎么说呢？也许对林森森也是件好事，让他长个记性。"李雷叹息。

没想到事情还没完，新闻标题也并非刻意求耸动，但"封杀"成真了。林森森在家休养一周后，开始四处求职。但无论是本城公关界，还是原行业，看到林森森的大名，以及写着 A 公司的工作履历，都摇摇头，说："对不起，我们觉得你不适合这份工作。"究其原因，还是那条群消息造成的。

下次见面时，李雷提到林森森，说起公司其他同事的后续反应："对我们也是一件好事，我就因此长了记性，谨言慎行，秀情商下限、智商下限的话，绝不能说，绝不能公开说。"李雷拍拍胸口，仿佛那个被封杀的人是自己。

　　而我想起我的一位校友李，在朋友圈发表私人言论，肆意评点学科范围内的大家，什么东有某某，西有某某，"在我眼里都一钱不值"；南有谁谁，北有谁谁，"也不过尔尔"。要知道，某某和谁谁们都是国内数一数二的大师、教授，而校友李只是刚刚读研一的学生。少年狂妄，自古有之，可校友李的狂妄言论，在朋友圈中被他的导师看到。李举例的某某、谁谁还都是导师的师友辈，老派学者的自尊和谦虚决不允许他的徒弟如此这般。他更害怕的是，不知以后徒弟还会有哪些不恭的言论针对他的师友，令他颜面无存，把多年来在学界积攒的好人缘消耗殆尽。

　　"知道吗？"我对李雷说，"就在第二天，校友李的导师就公开表示，将校友李逐出师门。一时间校友中、同行中、该学科圈中，此事成为新闻事件，校友李和林森森一样感到委屈，感到大题小做，可真的是大题小做吗？"

　　我们陷入沉默，沉默后，同时打开手机，重新审视我们发的每一条朋友圈、每一条群消息，该删的删，该撤回的撤回，无它，只是——

如今的人，天天面对面接触的能有多少？大部分人通过网络，通过口口相传的口碑了解彼此。聪明人会利用一切机会展现自己，尽可能展现自己最好的那部分；愚蠢的人则相反，进一步证明他的愚蠢。

　　珍视你的每一丝网络痕迹吧，它们都是你形象的一部分。

如果想认识一个高不可攀的人

一天，我参加了一场重要的行业会。

中场休息时，我见到一位年轻的参会者，我称他为 A。A 堵在大家都要经过的会议室门口，举着手机，手机上是他的微信二维码。他对所有经过的人说："老师，我特别崇拜您，扫我一下，加我微信吧。"

大部分人没理他，少数几位面子薄的，被他堵着，扫了他的二维码。我的一个熟人加了 A，可我分明看见，他对 A 迅速设置了"朋友圈不可见"。

又一天，我参加另一个会议。这次会议的形式，是几位业内大咖在台上轮流演讲。

其中一位，指点江山，谈笑风生，个人魅力非凡。等他下台，听众们如众星捧月。同样也是一位年轻人，我称他 B。B 走到大咖面前，递上名片。他说："老师，您在演讲中提到下半年要在全国各行业进行田野调查。我在教育系统工作，我的家人也都在，从基层到管理层，我都能给您提供这方面的样本，有什么需要，联系我。"

大咖眼前一亮，他接过 B 的名片，B 将名片翻过来，背面是他的微信二维码。大咖在离开会场前，和 B 互加了微信，并在 B 的名字旁仔细添加备注。

这一幕，深深烙在我的心里。

两个年轻人，两个陌生人的破冰，不一样的沟通方式，结果完全不同。

你也遇到过类似情况吧？一场聚会，有许多你想认识的前辈、大咖，他们看起来近在咫尺，但高不可攀。你想建立联系，起码加上微信，又怕被拒绝、被屏蔽；放弃，好像又对不起眼前的机会。

要知道，低姿态不代表能办成事。仅主动、热情、努力，表达喜爱，甚至崇拜，没有用；因为你想认识的人没有理由要认识你。

该怎么办？给他理由。

最好的理由，是你能提供的价值。让对方知道，你的价值是他需要的。B 就给出了他的价值，他能为大咖提供相关样本。

可是，你的价值，从何而来？

你可以判断对方的需求，和你能够提供的帮助之间是否有交集。如果有，你的帮助就是你的价值；如果没有，你的专业、你最擅长的事儿，你有，而他没有的，也是你的价值。

我的律师朋友雷雷，在看完病后，对好不容易挂上专家号的医生说："我们律师表达喜爱的方式是，我可以帮你看合同，你若遇上什么医疗纠纷了，就来找我。"

这是诚意，也是价值。

医生笑着加了雷雷的微信，并回答："好的。我们医生表达喜爱的方式，就是你有什么不舒服的，直接问我；需要到医院的，我给你加号。"

我常合作的化妆师小静，总是有机会接触到各行各业的 NO.1。每当她给对方化完妆都会端详一番，而后说："这次时间来不及了，下次您再来北京，提前几天告诉我，我给您推荐一位发型师。他线条处理得特别干净，非常适合您的气质。"

小静是专业的，她推荐的当然专业。于是，坐在她对面的这位，甭管是一线明星，还是其他领域的大咖，总感激有加，一定要和她互相留下联系方式，并保持联系。

如果你说，我想来想去，还是没有什么特别明显的标签、价值。

那就创建一个你和对方相对平等的环境。

有时，你和你仰视的人，只要换个环境，就能彼此平视了。你要努力找到这个环境。

举个例子，你想跳槽，想加目标公司的老板，他能拍板。

但以你的层级去面试，根本到不了他的面前。你现在贸然去找这位老板，对方不会搭理你。但如果你和他在同一个群，这个群，或许是家长群、校友群，或许是某某马拉松爱好者群，你们作为某个学校的家长、某个大学毕业的校友、同一项运动的爱好者，在群里和群相关的线下活动中，是平等的。

再举个例子，我很仰慕一位广告公司的 CEO，几次在公共场所遇见他都没打招呼，因为会冒昧、唐突。

我深知这位 CEO 与我最大的交集是，我们在和同一个机构合作。因此，一直等到该机构举办年会时，我才走到他面前告诉他："您好，我在某某场合看过您的广告作品，我很仰慕您。"

聊天自然而然地进行。

为什么选择该场合？因为年会、共同合作的机构给我们彼此背书。在这里，我们的身份是平等的，都是该机构的合作者，平等让交往更融洽。

你又说，可是，过了这个村，就没有这个店了。我找不到和我想认识的大咖可能共存的环境。

别担心，你还能做两件事，迂回建立联系，或通过中间人认识。

假设你当场碍于面子，完全可以找对方的邮箱，或者关注他的自媒体、微博、公众号，在私信、邮件中表达友爱，传递你能给到的价值，留下你的联系方式。这个方法很简单，但效果超出你的想象。迂回、坚持，更能体现出诚意。

而中间人是平等关系中核心的点，起码你们都是这个中间人的朋友吧？

如果我是个羞怯的人，即便和我仰慕的广告公司 CEO 在年会中遇见，也不好意思主动寒暄。那么，我会去找大机构的一个工作人员带我上前，让他介绍我们认识。

你想跳槽的那家公司老板和你在一个群里，你怕他不能验证通过你，去找群主，或某个活跃又和你关系不错的群友，先打个招呼，拉个小群，一切就顺理成章了。

人和人之间的距离，说远也远，说近也近。我们常常在朋友圈中，发现八竿子打不着的两个人互相点赞，然后惊呼："你们怎么认识？！"用心发掘，哪有找不到的中间人。

回到行业会，A 堵住的会议室门口。

其实，在那场名家云集的文学大会上，A 是某省级某刊派来的代表。他完全可以跟大家说："如果您想去我们省采风，请联系我。""我们单位正在筹备一场类似的行业会，希望到时候可以邀请诸位老师参加，我们加一下微信吧。"

这是他的价值。

其实，那天中午，会议主办方安排了自助餐，大家在餐厅内自由组合。

A只要坐在想来往的人身边，和对方聊天，听对方和他的同伴聊天，找到交集，进行交谈，就能发展关系，加强联系。一起吃饭，是最自然而然、显示平等的环境。

其实，如果A在会议上没有忙着加人微信，回去翻翻主办方发的小册子，就会发现，每个人的手机号都列在上面。给想加的人发一条真诚而具体的短信，或通过手机号搜索微信号，被拒绝的概率总比堵在会议室门口强迫大家扫他的二维码小。

我们总会遇到想结交，又不知道怎么结交的人，而越不平等，越要找到平等。

直播时代

一年夏天，我参加了一个旅行团出国旅游。

同行的人中，有一位女士姓乔，哈尔滨人。早晨，在酒店吃自助餐，她会帮忙照顾团友的孩子；购物时，她会提供意见，她的手机备忘录上标注着各种奢侈品在其他地区的最新价格，一些化妆品在不同地方的不同成分，有人问，她也乐于分享。总之，大家都很喜欢她，亲切地喊她小乔。

小乔加了我们所有人的微信。

在旅游景点，她一直拿着自拍杆自拍，边拍还边解说："我现在在××海边，看到了吗？浪真大！"

买东西时，小乔的直播就更不停了，去任何一家店，她都满载而归。买时，和手机那端的人微信语音沟通个没完；买完，马上拍照，发朋友圈。

这么说吧，小乔的朋友圈一天总有几十条，看朋友圈你就知道她在哪里，干了什么，买了什么，价格如何。

临别时，我对小乔说，你这简直是直播生活啊！

小乔笑着解释，我是做代购的，直播才能让客户相信，我真的在国外，在货比三家。

旅行结束，朋友圈中，小乔的直播没有结束。

她几乎每个月都会跟团出国，景点照、购物照，及时更新。好几次，她晒出用低折扣买的好货让我眼热，我情不自禁求购，一年下来，我竟在她那儿消费过四五次。

小乔不出国时，就在她的线下店待着，店就在哈尔滨，主营服装、箱包。"啧啧啧，您穿这件太漂亮了！""全羊绒的！""高级货！"这时，小乔的朋友圈中仍在直播。只不过，小视频中小乔露的只是声音，露脸的是正在试装的客人。

我去哈尔滨出差，去小乔的店里坐坐。

寒暄一番后，我道出长久以来的好奇："小乔，为什么你做代购总要跟团，去过很多次的地方，自己玩不是更好？"

小乔狡黠地笑。

原来，做小乔这行最难的是认识很多陌生人，并让陌生人相信她，从她那儿买东西。

一次偶然，小乔参加了一个旅行团，她发现旅行团的消费并不比自己筹划的自由行高多少，还意外获得了很多微信好友。旅行结束，那些朋友发现小乔是做代购的，还会找她买东西。从此，她干脆用报高端旅行团的方式获取客户。

是啊，有消费能力，出境游的一部分动机就是为了购物。这些人是小乔的精准用户，高端旅行团就是他们所在的精准场景。我连连称妙。

"姐，平时加陌生人为微信好友很难，在旅行中互加，很少会有人拒绝我。而且，一加就是一团的人。"

"经过一段时间的相处，我比其他代购更让人信任。我的工作状态，大家也看到了。有人说，在购物点见我频繁和客户沟通，一看就敬业、专业、靠谱、可信！"

小乔很得意。

"我一直在自拍，在朋友圈直播。日后，当你们在朋友圈看到我直播时，也会相信，我确实在国外，卖的东西不会是假货。"

小乔滔滔不绝，边说边打开电脑，给我看一张表，她报的旅行团，栏目包括目的地、时间段、所购品牌在某地折扣多少、客户姓名等。我在客户一栏看见好几个熟悉的名字，正是上次一起参团的团友。

"等等。"我按住小乔的手，"所以，与其说你在上次旅行中向客户直播怎么玩、怎么买，不如说也在向我们直播，你如何工作的？"

小乔没正面回答我，她从一旁的货架上拿起一件开司米披肩，往我身上一搭，拿起手机拍起来："姐，这件真配你，还有一件，有想买的，快点下单噢！"后半句是对手机那端她朋友圈中的众人说的。

　　这直播时代，我竟不经意间，又帮小乔完成一场直播。

看不见的熟人

梁柠从未见过刘佳，但刘佳的名字，她已听过不下三遍。

第一遍，是梁柠在某单位面试时。

主考官问："你有男朋友吗？能保证三年内不结婚吗？"

这是个难题，但不能不回答。

梁柠的答案是："我还没有男朋友，但我会尽最大努力平衡个人生活和事业的冲突。"

主考官叹口气。

原来，他刚淘汰了一位女生。"也是你们 B 大的，C 专业，非应届，叫刘佳。""当面就跟我拍桌子，谈女权。""其实这道题，就看你和人怎么沟通，如何得体地应对刁钻的问题。"

第二遍，在实习单位。

梁柠的实习老师有一天突然说："你们 B 大的女生都很聪明，但你之前的刘佳，怎么说呢？一开口就得罪人。"

他举的例子是，刘佳负责对接一位前来进行培训的讲师，无论是网上联系时，还是面对面接送时，刘佳均直呼对方的姓名，引起对方不快。实习老师提醒刘佳，却激怒了她。刘佳争辩着："我不是故意的！"实习老师再想说些什么，已被刘佳一句"我不用你教"顶了回去。

"既然不用我教，那就请便吧。"实习老师一摊手。他给刘佳的实习鉴定是"差"，实习期没完，就让刘佳走人了。

梁柠心中一动，追问："刘佳学什么的？""C专业。"

噢，是一个刘佳。

第三遍，梁柠已入职一家文化机构。

该机构中B大校友有六位，为迎接小师妹，大家组织了一场聚会。

觥筹交错间，师兄师姐们不约而同提到一个人，梁柠此刻岗位的前任，已被公司解雇。

"刘佳不适合做和沟通有关的任何工作。"

"我没见她笑过。"

"她在的时候，我们也搞过聚会，她一次也没参加，大概是看不上我们。"

"刘佳当着部门所有人面，和经理吵过架。我要是经理，也不允许下属这么冒犯我。"

"平心而论，刘佳不是坏人。"

"她的业务能力也不差。"

梁柠大惊："是C专业，比我高两级的那个刘佳吗？"得到确认后，梁柠赶紧说起之前两次听到的关于刘佳的传闻，和大家所熟悉的一样——

聪明面孔笨肚肠。

脾气暴躁。

情绪时常失控。

做事欠思考。

……

"世界真小。"梁柠喃喃。

"据说，两个不认识的人，通过六个人就能联系上，这叫六度分隔空间理论。"一位师兄笑着说，"所以，有人的地方，就是江湖；有人的地方，一定要注意个人形象。正所谓人人身边都有，人人也都有可能是别人的看不见的熟人。"

大家哈哈一笑。

没想到不久后，梁柠成为第四遍说起刘佳的人。

一位朋友去相亲，去之前对梁柠说，那姑娘和你还是校友呢，之前还在你现在的公司工作过。

"叫什么名字？"梁柠好奇。

"刘佳。"

报出名字的刹那，梁柠忍不住提醒朋友："千万要搞清楚是不是Ｂ大Ｃ系的刘佳啊。如果是，千万别招惹她。"

"为什么？"

梁柠把之前听到的综合起来告诉朋友，心里响起了"看不见的熟人"的论断——

每个和刘佳有过接触的人都对她的低情商印象深刻。刘佳不太好的形象就这么四散传播，连听说的人，比如自己，都成为传播者之一。

日后，刘佳只要还在这个城市、这个行业，和类似年龄段的人交往，这种叠加效应形成的口碑只会对她越来越不利。而她可能还会觉得莫名其妙，不知被哪只看不见的手推搡着，伤害着。

圈子真的很小，尤其以毕业院校、行业、专业划分，绕来绕去，世界仿佛就是那么几个人组成的。

有些人，你即便不认识，也在多个场合听说过他；你们之间有多个熟人，不同人的只言片语叠加、拼凑起来，就是他的形象、他的口碑。

每个人背后都有一张巨大的关系网，你今天的一言一行，明天仍无法消除痕迹；你即便跳槽换个环境，也绕不出熟人，熟人的熟人，熟人的熟人的熟人圈。

唯有控制言行，交出的每一件活儿都过硬，善待面前的每个人，日积月累，才会形成好口碑，才能更好地生存。

梁柠忍不住想，我在人们心目中是什么形象呢？我是多少人看不见的熟人？

计步惊心

朋友推荐给我一款软件，计步用，绑定手机，通过微信发布。

此前，我已见过有关截图：谁谁谁今天成了封面人物——他走的路最多；谁谁谁出门溜达了一圈，回来高涨3000步——他用脚丈量了从家到面包房的距离。

我迫不及待加入。

走了几天，数据却均为零。我再看说明，呵，手机型号不符，说实话挺失落的，觉得白走了。

慢着，我再看，看排行榜，看几日来熟人们的步数。忽然发现，细心点，通过它们就能推测一个人一天干了什么。

比如，单位的一对青年男女，这几天因公出差。

前天，他俩步数一样，8864；昨天，不一样，男士，778，女士，15500。

我猜：他们第一天用来处理公事，第二天各玩各的。男士嘛，大概待在房间里，顶多在宾馆周围活动；女士呢，则去四处逛了吧。

我再翻她贴出的照片，果然，有景点的，有美食街的。

他们出发前，同事们都打趣：别浪费这难得的相处机会。

可现在，我几乎断定，他们之间没有故事。

又比如，某姐姐连续几天荣登榜首。

她头像上的照片是戴着绒帽的，和去年冬天我们见面时戴的那顶一样。当时，她伤心地对我说，她离婚了。

如今，她每天的步数超过 20000。

是有了新的爱人，女为悦己者容？还是将走路当作发泄，通过塑形达到塑心？

我约她见面，只见她精神抖擞。我问她："最近好吗？"她答："搬了一次家，换了一份工作，发展了许多新爱好。"

走路也是其中一种吧？

不必再问，她一定过得不错。

不知为何，她让我想起亦舒笔下的子君，一场婚姻的结束，带来一个人的脱胎换骨。

我更有兴趣了。

一有空，我就刷新"微信运动"，还选取几个重点对象观察、印证、验算，一段时间后，我公布研究结果——

一天 1000 步之内，一般在室内，极有可能在家里。

3000 步左右，在单位。

3000 至 5000 步，有点忙；5000 步以上，很忙。

10000 步，那是有意识在运动；20000 步，有意识减肥。

两个人有相似的步数，而且认识，他们可能今天一直在一起。

一个人数天的相似时段，步数均有大幅度提高、冲刺，那是他的锻炼时间。

······

朋友圈哗然。

有人佩服："你猜得好准，可以做特务。"

有人交流经验，她早通过步数观察领导在做什么。"上周日，他一共走了 48 步，我想他可能病了。"周一，领导果真没来。

有人将我的研究结果推而广之，发完微信而对方不回，便去查他步数的变化——大变化，"看来在忙，不是不理我"。

有人一反常态，步数飞速增长，他很得意，继而委屈："大家都问我，是不是把手机绑小狗腿上了？"

呵，这哪里是软件，这是监测器；这哪里是计步，简直步步惊心。

我不禁畅想，历史上那几桩公案，如果有类似软件，会是什么情状？

垓下，一片楚歌，刘邦监测着项羽和虞姬。

项羽没动。

虞姬的步数增加再增加，在某一时刻，戛然而止；刘邦刷新再刷新，从那一刻起，再没看到她有数据更新。

须臾，探子报："虞姬舞完剑，自杀了。"

曾国藩家门口。

三位下属在路上遇见他。

一位左顾右盼，探头探脑，一位默默垂首，毕恭毕敬，一位目不斜视，沉稳安详。曾国藩对目不斜视的这位，印象颇佳。他后来告知李鸿章，此人可以委以重任。

其实呢，第三位不过是监测了曾大人的散步习惯。他知道每天这个时候，曾国藩都会在附近雷打不动走 3000 步，他一定会遇到曾大人，他是有备而来。

我最想监测的，是一对兄弟。

他们在一条白杨夹道的乡间路上大步行进，路两边是沟渠和村舍。

他们二十出头，一路说笑，内容可能是一只特立独行的猪，也可能是沉默的大多数。

日后，这对兄弟中的哥哥王小平，在祭奠弟弟王小波的文章中，写到此次步行："看远处狂野的浮动岚气，伴随着步伐的节奏，一道感觉的流水在心里流淌……"

如此灿烂，如此美好，我想做监测者、见证者。那一天，他们走了何止几万步。

我把以上畅想发布在朋友圈，应和者众。

有想替梅妃监测杨玉环和唐明皇的；有比拼了古往今来大英雄，最后定了封面人物是夸父的……

还有计算宝玉结婚时，大观园内诸多人等步数的。"宝玉和宝钗都在一百之内，黛玉是零。""荣登榜首的是王熙凤，居第二是李纨。她俩，一个忙红事，一个忙白事。"

我抓着手机，走在街头，看这些评论时哑然失笑。

一抬头，满街人步履匆匆。

他们带着计步工具吗？

他们今天走了多少步？

和谁在一起？

去了哪里？

被谁监测？

想做谁的监测者？

离婚不可怕，没钱才可怕

萌萌离婚了。

半年内，这是她约我第七次见面。

萌萌是我的大学同学，我大学读的是师范院校，所有同学都是老师，萌萌也不例外。

萌萌离婚的原因说来可笑。

她和前夫大壮相识于十七岁，从本地恋到异地恋再回到本地结婚，相偕走过二十年，孩子已经上初中。这几年，萌萌"鸡娃"过度，常大呼小叫。随着孩子年级的上升，萌萌河东狮吼的频率越来越高，分贝越来越大，孩子还没崩溃，大壮硬生生被叫成了抑郁症。

大壮不止一次地说："你放过儿子吧！"

萌萌恨其不争，毫不理会，她以老师的孩子怎么能做差生为由，变本加厉地"鸡娃"。她和孩子每天的作业时间，就是大壮的被虐时段；她每次考试后和孩子的复盘、清算，就会带来大壮的彻底崩溃。果然，一年前，孩子期末考试结束，萌萌一对一试卷分析时，又没控制住情绪，和孩子发生激烈肢体冲突。冲突结束，她发现大壮离家出走了。这一走，就再也没回来，大壮给萌萌发的最后一条消息是："你放过我吧！"

萌萌挽回多次，大壮决不让步。

事已至此，他俩做了财产分割。两人有两套房，一家三口正住的房子留给萌萌。另一套面积大些的，靠萌萌的工资根本还不上月供，既然由大壮来还贷款，自然产权归了他。他们还剩点存款，孩子由于和萌萌的关系僵到无法继续相处，便主动要求和爸爸一起过。萌萌苦争不过，苦劝无效，没得到抚养权，和抚养权绑定的存款，她只分了个零头。

萌萌约我第七次见面，和前六次的目的一样，只为吐槽。

吐槽大壮结婚这么多年来的不求上进，吐槽大壮因不求上进，不能做好孩子的榜样。正因如此，萌萌才会"鸡娃"上瘾。

"我错了吗？我错在哪里？为什么他有错，还要离开我？"萌萌抱怨完，又一千零一次地问我。

见萌萌又伤心欲绝，我把话题岔开，问她周围的人是否清楚她现在单身，有没有人给她介绍对象。

萌萌否认。"哪有心情！"她摇摇头。

我再问萌萌的工作是否顺利。听说新学期开始，萌萌刚接了个新班，家长、学生都要重新熟悉，工作难度相对大。显然，萌萌对工作话题也没什么兴趣。

"对了，你今年是不是该评高级职称了？"我忽然想起来，前几天遇到几个同学，都在说评职称的事。其中不乏几位成绩突出的，早已评上了这个年龄段的高级职称。

"没兴趣，"萌萌打断我的话，又绕回她的前夫，"大壮太过分了，我都是为了孩子好，他自己不鸡娃就算了，还拦着我。他心理脆弱，还怪我让他得了抑郁症……"

萌萌喋喋不休，一定要让我给她支持，帮她判断；是她的问题还是大壮的问题，但答案只能是大壮有问题，虽然他们的婚姻已经结束。

"前几天，我跟大壮说，要不咱们复婚吧。"终于，萌萌说出心中愿望。

"大壮怎么说？"我好奇这神转折。

"我都没嫌弃他，他还拒绝我！"萌萌眼眶红了。

可是，为什么嫌弃他，还要复合呢？我不解。

因为一张床。

因为萌萌想换一张床。

离婚后，萌萌总是睡不好，她怀疑是床的问题。半个月前，她在家具城看好一张新床，7000多块，棕色、原木，大而结实，没有异味。萌萌认为，换上这张床，睡眠质量一定能好。可怎么把它搬回来，装好，安置在家里；另外，怎么把旧床扔了，萌萌想想流程就觉得头痛。

此刻，萌萌坐在我面前，用手扶着头显示头痛。

我更不解了，即便家具城让顾客自提商品，即便新床需要安装，即便旧床丢弃费力气，花点钱都能搞定，这些也不足以让一个人决定和百般嫌弃的前夫复婚啊。

"就是钱……我现在没有钱。"萌萌忸怩，扶着头的手改为捂住脸。

原来，和大壮认识的二十年，就是萌萌放弃自我管理的二十年。她从没管过钱，她不知道三个人的日子怎么过，回到一个人的生活更无从下手。

离婚时，萌萌分了10多万。离婚后，因心情不好，她就出去吃吃喝喝、买买买，不到半年，卡上只剩2万，几张信用卡也欠着15万，虽说教师工作稳定，工资按点发，可那些都是有数的，只够生活，要是按目前的花钱速度，萌萌迟早入不敷出。一句话，离开大壮，萌萌没有生存能力，她的生活一团糟。

"我只是想，如果大壮在，他都能搞定。他能管钱，他会花钱，买床、物流、安装的问题，他全部负责的话，我就轻松了……"萌萌怯怯地说。

"可是大壮不会回来了。"我无奈地揭示真相。

"他不回来，我的日子没法过啊。"萌萌哭了出来，和之前强势的她比，显得那么无助。

我们陷入沉默。过一会儿，我问萌萌愿不愿听我说句真心话，她含着泪点头。

我说：

"听着，萌萌，你关于婚姻、离婚的吐槽，我之前从未觉得是回事儿，社会如此进步，谁没有几段过去？离婚不算什么，等这段时间过去，情绪低潮期过去，一切都会好起来。

"可是你今天告诉我，你的卡上只剩 2 万，还欠着 15 万，人到中年，我真的为你着急了。你怎么能让自己过到如此混乱的地步？"

萌萌吃惊地看着我："你太势利、太实际了吧！现在不是应该安慰我，帮我想怎么和大壮复合，怎么让他认识到错误吗？"

我长叹一口气，接着说：

"离婚不可怕，没钱才可怕。

"没钱，代表着困窘，代表你无法好好安排自个儿。

"没钱，还不觉得是个问题，说明你忽视赚钱的能力，以及振作起来搞事业的心。

"没钱，并欠钱，也没有清晰的还款计划，应生活所需把收入按比例分配，说明你根本没有危机意识，在透支你的金钱和理智。

"其实你完全可以重启一段新的人生。比如努力工作，建设好老师的口碑，努力评职称、成为行业内很牛的人，完成一次飞跃式的跳槽，或达到一个腾飞式的业绩。到时候别说大壮、你的前夫，连他的亲戚、朋友都要抱紧你的大腿。现在一个好学校的好老师，意味着什么，你我都清楚，多少人求着把孩子送到你那儿，哪怕只是得到你一两句话的点拨。

"又比如，你可以拥有一段新恋情，你工作上的资历甚至能成为你情场的资本，只要你重新精神焕发。"

"我没心情。"萌萌依旧喃喃，"我还很失落，还想着为什么我没错，大壮还要离开我。"

"那些都不重要，目前最重要的是，好好搞好财务，先还钱，后赚钱，会存钱，懂怎么花钱。"我依旧为萌萌只有2万块，不，还是负数的家底焦急。

"实在不行，我还能找我爸妈借点，还能网贷，我可以再多办几张信用卡，靠花呗、京东白条过一段时间。等我想清楚，心情平复……"没想到，萌萌对我说，她打算继续往负债累累的路上奔。

我静静地看了萌萌好一会儿：

"一个生理健全的成年人，离开谁都能活。但离开经济建设和管理的能力，谁都帮不了。比离婚可怕一万倍的是潦倒，而潦倒本可以避免。"

关键时刻

我去庐城出差，想起在那里工作的朋友勇。

我向他打听一些衣食住行的琐碎问题，出乎意料的是，勇分外热情。他问清我乘坐的高铁车次、到达时间，执意要接我，我们约在火车站出口碰面。

"好久不见！"

"好久不见！"

握手的刹那，我意识到上一次和勇面对面在线下接触已经过去十年。十年前，我在一家出版社工作，勇的博士生导师是一本书稿的作者，老先生年事已高，平日里事务性、要跑腿的活儿，都由勇替导师完成。一来二往，我们成了朋友。

我坐在勇的车上，和勇闲聊十年来各自生活的变动。

我还记得勇读博时就已婚已育，妻子在南方老家做小学教师，孩子刚上幼儿园。十年后，"一家人都在庐城适应了？"我问。"当然。"勇答道。

勇说到他现在在一家体制内文化单位任中高层领导，当年的小不点变成一米七的少女，妻子逐渐喜欢北方，目前在培训机构任教，被誉为金牌老师……"小日子过得真好！"我由衷地说，"你父母呢？一定为你感到骄傲吧？搁在老家，县长不过和你平级。"

谁知，勇脸色一僵，好半天才交代一句："我妈今年年初去世了。"

"啊！"我一脸抱歉。

勇出身农村，当地流行早婚。因此，他虽人到中年，母亲却并不老迈。果然，勇叹了口气："我妈太可惜，还不到六十，身体没毛病，干活比年轻人还利索。就因为和我媳妇儿赌气，一时想不开喝了农药。"我大惊，一时间竟不知道该如何接话。

勇的经历，我听说过些——

原生家庭穷，可能是全村最穷的那户，三个挨肩长大、年纪差不多的男孩是他家贫穷的原因之一。勇排行老大，贫穷，挡不住他的出息，他是全村第一位大学生。

勇大学毕业后，在老家县城随便找了份工作，一门心思考研。领导是好人，不但不为难他，还把女儿嫁给他，成了他的岳父。之后，勇读硕士，硕士读完，没考上博，在家赋闲一年接着考，博士又读了四年……八年，他没有收入，孩子出生搭不上手，他的学费、生活费、孩子杂七杂八的费用，全靠妻子和岳父母支持。

"作为报答，我对妻子几乎言听计从。"勇打开车门，领我进入一家饭店，名为接风。

我站在饭店的玻璃转门前，冲他点头，听他倾诉。

"其实，这些年，我除了给我父母钱，陪伴很少。"勇落座，招呼服务员拿菜单，仍沉浸在对母亲非正常去世的愧疚中。

"你可以时不时接他们过来住一住啊。"我不解。

勇翻翻菜单，指指这个，点点那个，服务员重复一遍。他将菜单合上，待服务员消失，开口道："事情就出在接他们来住一住时。"

关于"住一住"，勇向父母提出过几次。可天时、地利、人和，每一次都因为某一项不凑巧，始终未遂。去年11月的一个晚上，勇的母亲突然来电话，怯怯地问元旦能不能来勇家住一段时间。勇满口答应，妻子亦无异议，母亲在话筒那头如释重负，笑出了声。勇后来才知道，母亲在村里和人口角，对方不相信勇的美好生活，包括与县长平级的"官位"，抢白母亲："你儿子有出息，为啥不接你去享福？"母亲词穷，决定亲自来趟庐城，"住一住""享享福"，拍些照片，以正视听。"堵上那些人的嘴"，这是母亲的原话。

多么朴素的要强，勇摇摇头，露出苦笑。

接下来，勇的母亲告诉全村人，"县长儿子"要来接她去享福了。她让二儿子为她添置新衣，让三儿子给她买火车票，三天两头向勇打听"你们那儿天气如何""我过完年回来行不行"，勇的回答总是"不错""都行"。勇的母亲还给孙女准备了各种特产、吃食，准备一样汇报一样，万事俱备，只等元旦。

元旦前三天，勇的妻子没知会勇，致电勇的母亲。

事发突然，一个同事因故不能去之前报名的新马泰旅行团，以正价的一半处理给勇的妻子。勇的妻子开心得无以复加，她着急付款、收拾行李。电话中，她匆匆和婆婆说了几句，大意是她要出国旅游，让勇的母亲先别来了，具体什么时候来以后再说，让勇的三弟先把火车票退了。她没想到，老太太的天塌了，勇的母亲抄起搁在墙角的百草枯，一扬脖子灌了下去。

勇捂住脸。

"百草枯！"我惊呼。

"对，"勇平静些，继续回忆，"百草枯是一种杀伤力极强的农药，人喝了不会立刻死，是肝肠寸断而死。"

那天晚上，勇的三弟慌忙找勇，勇的妻子没去成新马泰，一家三口带着孩子连夜赶回老家。几天后，母亲在勇怀中弥留，勇哭喊着："妈，我还没让你过上好日子。"母亲说："我这次是要去过好日子，可你们不让。我不能让全村人看我的笑话。"而后，撒手人寰。

勇在我对面，对着一盆白煮羊肉流泪。

"何至于！"他捶着桌子。

"何至于"也是勇的妻子，在被勇的全家责难时不断重复的话。

"我挺理解你妈的。"我说。

"嗯？"勇抬起头。

"在你们看来，她什么时候来都行，探访你们，只是生活中的一件小事；但在你妈看来，你们村是她的全世界，她向全村人宣布的事儿，就算昭告天下。不能来，约等于失信于天下，是奇耻大辱。"

"是的，我没想到那是我妈的关键时刻。"勇精准概括，"所以，没用对关键动作。"

"是的，对一个人来说，最重要的事儿，最重要的事发生的时刻，你提供给他在那一刻最需要的动作，往往比为他做一千件、一万件事更有效。反之，你平时做一千件、一万件有利于他的事，关键时刻没有出现、做错动作，都没用。"我动了情。

勇不语了。

气氛太沉重，我决定换个话题，举起杯，向勇来接我表示感谢。勇和我碰杯，令我意外的是，他表示该谢的是我。

"两年前，我在上海转机行李丢了，你有印象吗？"他问我。

"似乎……有些印象。"我困惑。

"我发了条朋友圈。我随身只带着身份证，钱包在箱子里，可谓身无分文。"勇追忆，"我当时蒙了，心想我怎么会犯这么低级的错误。到了驻地，没有行李，没有钱，怎么办？你看见朋友圈，二话不说，在微信上转给我 5000 块钱。虽然我的行李很快找到了，但那 5000 块钱让我非常感动。现在想想，那就是我的关键时刻，从那一刻起，我就认准你是好朋友。"

"看来，我做对了关键动作。"我欣慰，"可我真没想到那是你的关键时刻。"

勇笑笑，解释今天他为什么一定要接我："你问我，本地的交通、酒店、特色馆子，我一想，你人生地不熟，一个女人第一次来庐城，万一发生点什么，会不会举目无亲、措手不及？我妈的事发生后，我反思过，当我不确定是不是一个人的关键时刻，就把每一个重要的人向我求助的时刻，都当作关键时刻，我不想再做错动作。"

道听途说的爱情

我在天通苑西打的车，司机，女，皮肤黑，烫过的头发绑成马尾。堵车时，和我聊完三代。三代前，家在河北；近三代，家居房山；兄妹三人，均已婚已育，都有两套房……

"都过得挺好的。"我插嘴。

车行至龙德广场，我们在红灯前停住，的姐忽然不说话了。她摇下车窗，脸冲马路那边发愣。红灯变黄灯，又变绿灯，前面的车动了，她没动。后面的车主按着喇叭，对她喊："干吗呢！"她把头探出去，回骂一句，终于前行。过了会儿，她又打开话匣子："刚才过去一个人，我还以为是我妹的前男友。"

"你妹的前男友？"我惊讶，上上下下打量她。她穿一件咖色掺金线的针织短袖，戴一条样式古老的金链子，鸡心吊坠贴在针织衫的鸡心领上，眼角有明显的鱼尾纹，嘴唇不刻意往上扬，保持自然态便是下垂的。

"瞅年纪，您有四十五？"我客气道。

"哪里，五十多喽。"的姐如实答。

"那你妹妹想必小不了几岁，她的前男友，也是三十年前的前男友吧？你还认得出？"我疑惑。

"怎么会认不出呢？"的姐紧握方向盘，目光聚焦前方，"说个故事给你听。"

三十年前的前男友，姓马，人唤"小马"。三十年前，小马二十岁，和的姐的妹妹同龄。两人是发小，一条胡同长大，一直同班，成绩烂成一条水平线，中学毕业后，分别招工进了纺织厂和钢厂。

他们二十岁时，的姐二十三岁。影影绰绰地早恋若干年，正正式式地出双入对整一年，二十三岁的的姐出嫁了。这意味着，妹妹可以独自睡一间屋，和小马幽会更方便了。

"很久以后我们才知道，每天半夜，小马都会翻墙进来，平房嘛。有时，他上夜班，下班也不回家，直接来，我妹甚至给他准备了把梯子。"的姐说，"你问怎么知道的？当然是出事了。"

"出什么事？"我按常理猜，"怀孕？"

"对，但比一般的严重。"车转弯，的姐跟着摇头，马尾枯黄的发梢随之晃荡。

"那是？"

"宫外孕。"的姐叹口气。

241

二十一岁的妹妹昏倒在纺织厂车间，大出血，她的工服红了两条裤管。女工们慌忙去找车间主任，主任急忙去打120，救护车紧紧张张赶到厂里；众人手忙脚乱将妹妹抬上担架，担架白色的床单立马染上星星点点的红。

工会主席押车，一个工友陪着，以最快速度进最近的医院。急诊、抢救，有惊无险，妹妹捡回一条命。等小马跪在病床前，握着妹妹的手忏悔，的姐哭着拦住大哥雨点般落下的拳头。

"我不拦，我哥能要他的命！"隔了三十年，的姐仍咋舌，"就这样，我哥还把他揍成了'猪头'！"

那天，小马就顶着一颗猪头，对妹妹的亲人们包括的姐，磕头如捣蒜，发誓一辈子对妹妹好，非她不娶。

"呸！"的姐模仿她大哥的口吻，"呸"出了声，"我哥气疯了，说你想娶就娶？也得我们家同意！"

"同意了吗？"我忐忑。

"不同意，有用吗？"的姐反问我。

没用。

妹妹醒来，张口第一句话："你们别怪小马。"

事已至此，只能顺其自然。出院后，小马的妈妈伺候妹妹的小月子。每天，早上来，晚上走，炖汤、煮粥、洗她的衣服。小马不上班时，都在妹妹那儿。

"我就问他，现在走前门，不走后门了？要不要我给你拿梯子？"当我们在一个桥洞继续挨堵时，的姐的鱼尾纹深了，脸上重现当年揶揄的笑。

"然后呢？"困在桥洞，我着急听结局。

"然后，我妹身体好了。又过了一年，两家人开始给他们筹备婚礼。"

小马家有安徽山里的亲戚，小马进山买的木料。木料雇车千里万里拉回来，胡同口窄，他又千方百计大车换小车，小车换人力，招呼几个哥们逐根抬进院子里。还是这几个哥们帮着他，在大杂院中打家具。

"衣柜、衣橱、床头柜……连沙发都自己做！能干哟！"的姐两手放开方向盘，十指张开，做夸张夸赞状。

小马又戴着妹妹用旧报纸折的帽子，拎着桶，拿着刷子，蘸着白色油漆，把他们的小屋粉刷一新。晾干后，众人合力，将摆在院子的新家具挪进房间，小屋满满当当，只差带电的。

"带电的？"

"对，彩电、冰箱、洗衣机，还有录音机。那是九十年代，一个钢厂的青年工人，靠工资，按市价集齐它们，可望而不可即。"

"多不可即？"我对那时的钱没概念。

"给我妹买条金项链，小马攒了一年钱。"的姐沉吟片刻，找出合适的类比。

说回"带电的"。

小马抓耳挠腮际，帮打家具的一个哥们带来"好消息"。朋友的朋友的朋友有批货便宜出，只要××元，他神神秘秘比画了下，不是不可疑，小马当然也起了疑。哥们附耳过去，悄悄说了几句，小马一惊，但哥们拍着胸脯，拿性命担保没问题，主要是价钱实在令人心动。小马只犹豫一瞬，便对着哥们拍过的胸脯拍自己的大腿；接下来，他欢天喜地，搜刮全部家底，一把交清。

小马将四大件拉回家时，妹妹去胡同口接，两人亲亲热热，喜气洋洋，勾肩搭背，毫不避讳。遇见街坊邻居，他们就边推着四大件边喊："婚礼那天全来噢！"

"他们结婚了？"我也感染了喜气。

"那就不是前男友，是前夫喽！"的姐幽幽拖长了音。

"嗯？"我困惑。

"那批货……"的姐没征求我意见，摸出一包烟，抖一抖，弹出一支。

那批货，四大件只要一大件的钱。没有发票，不保修，交货不在商场，交货人非商家。事后证明，是一批赃物，团伙作案，负责销赃的，正是小马的哥们。小马没参与作案，可购买赃物的事实在，团伙是大团伙，案是大案，哥们确实是哥们，关系亲密；小马没法自证清白，他和四大件被一齐带走，警笛呼啸，胡同口围观的人挤得水泄不通。

一判就是十五年。

婚礼没有举行。

连结婚证都没来得及领。

"幸好没领。"的姐喷出一个烟圈。

"你妹呢？"

"我妹等了几年，小马的妈等死了，是我妹料理的后事。小马知道他妈没了，跪在地上，锤着脑袋哭。他说，他害了他妈，害了我妹。"

"后来呢？"

"后来，我妹去探视小马，他就不见我妹了，去也不见。再后来，我妹年纪大了，我们都说不要再等了。2000 年，我妈生病，我哥拿着病危通知书对我妹说，你要是孝顺，就该干吗干吗，让妈活着能看到你成家立业……我妹三十多岁才结婚，做三次试管才要上孩子，宫外孕的后遗症。"

"小马呢？"

"在里面表现好，提前放出来了。他没回胡同，听说去南边跟人做服装生意，又说去缅甸打过工，消息都是老街坊给的。胡同拆后，这些消息也听不见了。"

"你妹就再没见过小马？"我追问。

"到了，请带好随身物品。"的姐靠路边停，一脚踩着刹车，提醒我。

"你妹就再也没见过小马？"我不想下车。

的姐抖一抖烟盒，弹出一支，她抽出来递给我。

"谢谢，我不会。"我推辞。

她点上，深深吸一口。

"上个月，我在今天你打车的地方附近下车，去超市买水果。想起晚上要给儿子包饺子，走过肉摊，又转回来，对师傅说，来两斤五花肉，剁成肉馅。那师傅挺胖的，也不作声，拿菜刀哐哐剁好，默默装进袋子，把袋子襻儿递给我时，喊了我一声'大姐'。我一看，这不小马吗？"的姐再喷一个烟圈。

"你和他相认没？"我挥挥手将烟圈打散。

"认了，他问，都挺好的？我说，挺好。他说，丽丽也挺好？我说，好着呢。结婚了，孩子高二，有两套房。他说，那就好。我问，回来怎么不联系我们？这时，有人喊他。他说，大姐回头再聊，就去后面仓库了。"

"你妹知道吗？"

"知道，我回去就告诉我妹了。第二天和她一起再去那超市，经理说马师傅昨天已经辞职了。"

"什么？"我叹息，"也许他不想你妹再见到他现在的样子。"

"从超市出来，我妹坐在马路牙子上哭。她说，她害了小马，她对不起他，该等他的，她就想当面告诉他这句话。我说，其实，你们谁也不欠谁的，你们真在一起过，也未必幸福。"的姐掐灭烟。

"所以，你最近都在那条路上载客？想找到你妹的前男友？"我蓦地想起什么。

的姐没回答，烈日当头，她掰下前视镜想挡住阳光。收手时，忽然一抹眼，有泪自她鱼尾纹的缝隙滑落，顺着下垂的嘴角流至下巴，滴于鸡心领边的鸡心吊坠。

我们沉默了一分钟，她戴上墨镜，遮住眼睛："请带好随身物品。"

"谢谢。"我道。

我解开安全带，看了一眼前排的司机证件，"××丽"。

也许，只是她们姐妹的名字相近。

突然长大

你是什么时候意识到自己突然长大的？成年后，回望过去，有没有一瞬间让你知道，你和过去不同了？

前段时间，我看了一档综艺，一位嘉宾回忆往事。她说，父母离异后，有一天，她出去吃面，兜里的钱只够吃一碗素面，她想叫个牛肉面，钱不够。于是，她打电话给父母，却发现他们都不愿帮她，还把她踢皮球一样踢给对方。那天，她哭着吃了一碗素面："从那以后，我知道，我只能靠自己了。"

几天前，我参加了一个饭局，提到了该片段，众人唏嘘，老友南说起他突然长大的瞬间。

南出生在小城小村，兄妹三人，家中生计都靠父母开的卤菜店维持。南是村里第一个高中生，南爸南妈一度希望他还能成为村里第一个大学生。高二时，南受《古惑仔》影响，总想着出去混社会，靠拳头说话，成绩一落千丈。高考前的预选，他落选了。预选是当地的土政策，为了保证升学率好看，应届考生一千人，只有预选考中前三百名者，才有机会参加高考，剩下的七百人只能获得一张高中毕业证书。

周末，南回家把结果告诉了南爸南妈，他说得云淡风轻，没有太多愧疚。但没想到，对于父母，却像天塌了。

两天后，南妈来到学校。南感到意外，南妈说，能不能再努力一下，求求班主任。南表示，绝对不可能，并强调："不考大学没什么，可你去找他，会让我丢脸。"

南妈没理，一路打听，找到了班主任的宿舍。宿舍楼与教学楼对着。南妈带着十二个卤好的猪蹄——她唯一能拿得出手的东西，夜幕降临，她轻轻拍班主任的门。

"谁啊？"
"我是南妈。"
"你回去吧，预选的事没商量。"
"您开开门。"

班主任没开门，南妈拍门的声音越来越大，她本来站着，后来跪着，满校园都传遍了。南听到消息，赶到教师宿舍，他本想责怪妈妈，但看见跪着的妈妈，不由得心酸。他说，妈，我们走吧，不要这样。

没想到门开了，班主任站在门前，与母子对峙。围观者众，班主任没看他们，拿起地上装在塑料袋里的十二个卤猪蹄，直接扔下楼，扔出一条抛物线。

南说："那一刻，我不再觉得我妈让我丢脸，我也不想和班主任打架。我只是觉得我让我妈受了委屈，我一定要变得有出息，用我的出息向班主任讨回他给我妈的侮辱。"

南没去领高中毕业证，就南下打工了。他做过快递员，送过外卖，在一家工作室做最基础的文字工作。从打杂到执笔，到独立完成作品，后来成为网络文学大神，他花了十五年。

现在南妈的卤菜店成为许多读者打卡留影的网红地儿。

去年，南高中同学聚会，班主任也在。南原以为自己会质问班主任，当年为何那样对自己和妈妈。没想到，班主任主动向他敬酒："一切尽在不言中……你父母还好吗？"已为人父的南不知为何报仇的心淡了。或许，班主任当年也太年轻，他成为父母后，也曾后悔做过的事。

南作为同学中唯一的名人，被起哄为聚会买了单，他大醉而归。原来，那件事、十二个猪蹄最大的意义不是刺激他报复谁，有出息了给谁看，而是让他发现父母极力保护他、成全他，然而无力，他必须站起来，保护自己、成全自己，保护他们、成全他们。

"我到现在都不吃猪蹄。"南说，"那天，我突然长大了。"

多年后，当你遇到曾暗恋的人

露露是我的大学室友。一个屋八个女生，她排四，我排六。

露露个子略低、皮肤略黑，她的头发直，声音脆生生的。

大学四年，性格外向、为人仗义的露露有诸多追求者。她谈过一段恋爱，最终分手。毕业时的她和入学时的她一样，孑然一身。

毕业半年后，我们聚会，露露带着一个戴金边眼镜的斯文男生出现。果然，露露指着斯文男生，冲我们说："介绍一下，陈锋，我男朋友。"

"速度这么快！"

"什么时候开始的？"

"一点风声都没有？"

"陈锋，你是做什么的？"

"你和露露在哪里认识的？"

大伙儿七嘴八舌，围绕着露露和陈锋，能想到的问题都问了。

露露嘿嘿一笑，拿胳膊肘顶了一下陈锋："我们是老相识了。"

陈锋跟着说："有十年了？"在座的人都大吃一惊。

"我们是高中同桌。"面对以我为首疑惑的众人，露露卖完关子后，解释原委。

"那为什么从来没听你提过，有这么帅的同桌？"

"十年了，为什么最近才开始？"

又是一阵七嘴八舌。

菜已上齐，我们拿起筷子，露露和陈锋则在我们的要求下，将过去的故事细细说来。原来，他俩初中、高中都是同学，高三时终于同桌。但除了坐在一起，两人从未有交集，不说话，不打招呼，保持距离，桌子中间画着"三八线"。

学习、考试，考试、学习。疲惫、单调，又充满激情的高三过去，两人分别考上了两座城市的两所大学，再也没联系。直至毕业后，两人回到家乡，在同学会中重逢，已成大姑娘、大小伙的他们在众人的喧嚣中，每个人和每个人互相叙旧的氛围中，自然聊起天。

那天晚上，人散后，新月如钩，大伙儿拼车回，直至车上只剩司机、露露和陈锋。

露露单刀直入，问出很久以来的心结："我们同学六年，同桌一年，陈锋，你为什么总是那么高傲，从来不理我？我是哪里让你特别反感吗？"

陈锋摸摸鼻子，回答得也直接："我不理你，因为那时，我暗恋你。"

"什么？！"露露当时的反应一如此刻听到这出戏时我们的反应。

露露当场没作答。回家后，她收到陈锋的消息，问："你现在有男朋友吗？"露露回："没，对了，其实，我那时，也暗恋你。"

之后的事儿顺理成章。"我们在一起已经三个月了。"露露和陈锋彼此看了一眼宣布。

我们放下筷子，鼓起掌，不约而同地表示，这真是暗恋最好的结局呢！

一去又是十年。

一日，我回老家，约在当地的十几个大学同学聚，有的带了家属，有的没有。

寝室排行第八的小沈，已是两个孩子的母亲，平时看她的朋友圈，忙得溜溜转，大宝小学三年级，正是"一做作业，鸡飞狗跳；不做作业，母慈子孝"的年纪；小宝半岁，萌萌的，却黏人黏得让小沈发愁。这晚，她却出人意料地来得早——

"不用在家看娃吗？""不应该把孩子伺候睡着了，再出门吗？"面对关切，小沈一歪头，潇洒地笑："全丢给孩子爸了，难得相聚，我这个绝望主妇，出来痛痛快快见你们！"

"呵，不是为了见冯才吧？"露露挤挤眼。

冯才是小沈大学时暗恋了四年的学霸。据说，一百个人一起上楼，小沈都能听出冯才的脚步。小沈的暗恋几乎是明恋，她帮冯才在图书馆占座，为冯才织毛衣，冯才以考研、出国为由拒绝小沈后，小沈仍不放弃。拍毕业照时，她笑意吟吟地站在冯才身边，拿到照片，她特地翻拍、放大，只保留她和冯才的影像，美其名曰："这是我俩的合影！"

冯才来了，冯才还像过去那样风度翩翩。

冯才说，他回国已经两年，结婚了，还没孩子，刚装修完新家。"为什么回来？因为哪儿都不如祖国好，哪儿都不如家乡好。"他像远方的游子，举起酒杯，敬多年不见的各位。

酒过三巡，饭局过半，说起陈年往事，漫天八卦，关于谁爱谁，谁不爱谁，谁爱了谁，又爱上谁。大家聊得热火朝天，有人开起小沈和冯才的玩笑。

说实话，我注意到小沈看冯才的眼神，没有眷恋，没有暧昧，但还是比对一般人更亲切些。冯才看小沈呢？他一进门，发现小沈，或者说，一眼认出小沈——小沈产后还没恢复好，身材和过去比，有些发福；冯才点点头，露出笑，那笑，更像是对一个老朋友、亲戚中的表姐妹的笑。

"当年，小沈猛追冯才，那可是人尽皆知啊！"一个男生起哄道。

"对，小沈给冯才织的毛衣，上面还有冯才的英文名！"冯才的室友透露细节。

"话说，那时候的小沈，人见人爱，车见车载，为什么冯才你没和小沈好，你俩没在一起呢？"又一个女生不知出于好意还是恶意，故意问道。

"甭管什么原因，都过去了，大家一起喝杯酒吧！"班长怕当事的两人尴尬，开始和稀泥。

"别！"冯才站起来。饭店包厢的水晶灯下，他高大的身影投射在圆桌上，影子遮盖住圆桌六分之一段弧。

"连酒都不喝？太不给面子了吧！"露露有些愠色。

谁知，话未落音，冯才竟拿起自己的杯子一饮而尽，又满上一杯："我代小沈喝吧。她今晚全程喝水，刚才说起小宝才半岁，肯定还在哺乳期，别让小沈为难了。"

哗啦啦，掌声鹊起。稍后，小沈跟着冯才站起来，她举起盛满白开水，还冒着热气的玻璃杯，碰碰冯才的："谢谢你！"

小沈轻轻抿了一口水，冯才咕嘟咕嘟喝下一杯酒。

待冯才放下酒杯，他对所有人手一挥，说："大家别瞎猜了，当年是我追的小沈，是我配不上小沈，放弃了。小沈，谢谢你！"

他们再次碰了碰杯。

人散后，新月如钩。陈锋开车，露露和我坐在车的后座。

说起冯才，说起那杯酒，露露问我："你看到小沈刚才差点哭了吗？"

"看到了。"我点头，"冯才，今晚真够爷们。"

"对啊，我经常想暗恋的结局是什么？"露露若有所思。

"大部分忘了，不见面，不提起，就像不存在。"我回答。

"我和陈锋算是一种完满结局。"露露伸个懒腰。

陈锋猛回头："什么，你们说我？"

"老公，你老实开车吧！"露露嗔怪了一声。

"对，我暗恋你，发现你也暗恋我。你努力寻找一个人时，发现他一直在灯火阑珊处等你，这是完满的结局。"我替露露总结。

"今晚，冯才和小沈让我看到另一种结局，也很完美。"露露把伸懒腰的手收了回来。

"我也想到了，"我感慨，把手心压在露露手背上，"我没爱过你，但我感激你的付出，感激曾经那么美好的年纪，纯真、青涩、绝无功利的情感。因我，你受到了攻击，我一定帮你圆回来，挡过去。在众人面前，顾全对方的体面……我觉得小沈值了，没白喜欢冯才整整四年。"

露露握紧我的手，我们为小沈，也为青春里那些秘密，曾正确交付，而沉默，而欢喜。

　　真的，两种结局，都完美。